蟲息山房から

車谷長吉遺稿集

新書館

東京・文京区の自宅で。2006年6月12日撮影。（読売新聞提供）

蟲息山房から——車谷長吉遺稿集

目次

小説……7

銀色　9
死の木　12
河豚毒　18
神隠しに遭った男　21
長虫　26

エッセイ……29

補陀落山　31
和辻哲郎の苦悩　35
借金　37
救いのない救い　39
小池てん子先生　43
時は止まらない　49
登山の後で　51
地獄極楽　56
不眠　59

俳句と連句……65
俳句　湊水輯　68
連句　七吟歌仙　蟲しぐれの巻　98
五吟半歌仙　冬麗の巻　103
六吟歌仙　医師くさめするの巻　106
七吟歌仙　矢来小路の巻　110
六吟歌仙　菊作りの巻　114
四吟歌仙　霧しまくの巻　118
三吟歌仙　新舞子の巻　122
崩山・岩木山・栗駒山登攀九吟歌仙　青池の巻　126
地球一周航海三吟歌仙　赤道越ゆるの巻　130
森吉山・秋田駒ヶ岳登攀八吟歌仙　秋立つ日の巻　134
磐梯山・八甲田山・蔵王登攀九吟歌仙　老鶯の巻　138
鞍掛山・男鹿真山・鳥海北麓登攀九吟半歌仙　鞍掛の巻　142
対談と鼎談……145
対談◆玄侑宗久　文学で人は救われるのか　147
鼎談◆櫻井よしこ、谷垣禎一　われら敗戦の年生まれ　178

鼎談◆坪内祐三、坂本忠雄　小説を生かす虚点と実点　198

インタビュー …… 223

直木賞作家、西行と仏教を語る　225
著者との六十分　235
不幸のままに生きる　242
アンケート　私の好きな俳句　246

日記 …… 249

脳と指のためのリハビリ日記　251

解題　あとがきに代えて　高橋順子　262
車谷長吉年譜　267
初出一覧　275

蟲息山房から——車谷長吉遺稿集

題字、装画　車谷長吉
装　　丁　ＳＤＲ（新書館デザイン室）

小説

銀色

平成改元の朝は昨夜来の曇天だった。昭和時代に降った雨が、山ノ手線巣鴨駅前の水たまりに残り、蛇の鱗のような雲を映していた。

三月二十七日の夕刻、中央線水道橋駅の改札口を出ると、う氏がむかえに来てくれていた。う氏は普段に較べて顔色が悪かった。お風邪ですか、と言うと、いや、ぼくはどうもない、と不機嫌な声で、横を向いた。併し私にはあたりの空気がうすら寒く、もう桜の花も咲こうかというのに、まるで大寒のように寒いですね、とお追従を言った。するとう氏は、きみは何を言っているんだ、このばか陽気だのに、と怒った。

その夜、小石川氷川下のアパートへ帰った時は、併し別に異状はなかった。いつものように会社から持ち帰った書類を読み、社長への報告書を作りはじめた。ところが夜半を過ぎた時分から、また寒気を覚えるようになった。併し報告書はあす朝一番で出しますと約束したものであるし、出さなければ、いずれ私自身が困ることになるのが見えていた。我慢して字を書いていると、いきなり胴慄いを覚えた。便所へ立とうとしたが、熱の気が背骨を駆《か》け上《あが》り、めまいがして下へくずれ落ちた。むかし札幌に暮らしていた時には零下十六度の冷気も経験したが、この慄えはかつて身に覚えたことのない寒さだった。それから朝まで、ふとんの中で慄え続けた。

翌朝《あさ》、巣鴨駅で電車に乗る時、またプラットフォームへくずれ落ちた。電車を四台五台とやり過ごした。併し会社へは出ないわけには行かなかった。朝一番で報告書を秘書に渡し、そのあとは、は氏がお見えになるののお相手をしなければならない用件が待っていた。これればかりは誰に代わってもらうわけにも行かなかった。こちらからお願いをして、わざわざ早朝の新幹線で仙台からお越しいただくのである。

果たして会社へ出ると、は氏はすでにお見えになっていた。遅刻したことを、会社では古顔の女子事務員に咎められた。それを無視し、併し報告書を秘書へ届けるように託して、応接の事務室へ入って行くと、は氏は本を読みながら私を待っておられた。簡単に初対面の挨拶をすると同時に、遅刻の非礼をわび、早速に書類を広げて、こちらの用件を説明し、は氏の質疑にも答えながら、約一時間。話は終わった。もう一度、お茶を、と思って、私は起ち上がった。すると、私は仏壇倒しに前へ倒れた。誰かッ。は氏の鋭い叫び声が聞こえた。

次ぎに気がついた時は、病院の診察室だった。白いカーテンの陰で医師が小声で何か言っていた。すぐにあの人の奥さんを呼んで下さい、お話したいことがあります。あの人には奥さんなんかいないんですよ。私は、これは、と思った。

それから四日間、私は病院のベッドで生死の界をさ迷うていた。

死の木

おおつごもりの晩は、小石川氷川下町のアパートで一人、胡瓜茄子の漬物で酒を呑んでいるうちに年が改まり、元旦も有り合せの残り物で呑んでいるうちに、夜が更けた。得体の知れない生への恐れが立ち上がって来た。中年の男の一人者は喰うてひり、呑んで酔い、併し味もなく、気持はしんしんと澄み、も早、ただそれだけのことで己れは忌むべきものであった。煖房具のない部屋である。青年時代から、自分の部屋には煖房具はおかないで来たのであった。その冷えが、私には安らぎだった。が、二年前、会社で過労で倒れてからは、私の中には少しずつ死の木が生長していた。

その夜、会社で私と背中合せに坐っている女が、黒い靴下を脱ぐや、私の机の上へ捨て、そのまま四十九階の窓へ走り寄って、飛び降りた。あッ、と思うと同時に、私はまわりから疑惑の目で見られ、いわれのないいわれを追及され出した。馬穴《バケツ》の底をたたくような音で目が醒めると、すでに午後だった。

数軒先の老婆が何かそういう音がするものをたたきながら、いつものように昼から呪わしい嗄れ声で、お経を誦しているのだった。平成二年正月二日であった。私は四十四歳、正月が来ても行くところもなければ、帰るところもなく、また訪うて来る人もなければ、訪うて行きたい人も別になかった。通りはひっそりしていた。黒い靴下を脱いだ女は、湿り顔の鼻べちゃである。そのわりに飛び切りのお洒落で、金切り声で、朝夕にこちらが挨拶をしても、そっぽを向いているような女である。だからろくすっぽ口も利いたことがない。併しなぜ私の頭の中で、いきなり四十九階から飛び降りたのか。私は己れを忌んだ。

午後二時を過ぎて、山ノ手線巣鴨駅から電車に乗った。どこへ行くという当てもなかった。冬の西日が窓に差すころになって、私は電車を降りた。降りたところは、奥多摩の相模湖という駅だった。人通りのない坂道を下りて行くと、家並みの間に、暗い山影の落ちた湖水が見えた。湖岸には五、六軒の茶店が並んでいた。併しそこにも人気はなかった。

夕日は山の陰に落ちたところであった。私は何か取り返しのつかないものを感じた。湖水を夕日が輝かせるのを見たかったのに。枯れ葦が岸辺にふるえていた。茶店の中から狐が出て来て、「寄って行きませんか。」と言うてくれた。親切な物言いだった。私は茶店へ入って、狐が出してくれたおでんで酒を呑みはじめた。

茶店の壁には大きな一枚鏡がはってあった。その中でも白骨の男が一人、酒を呑んでいた。男は私を見やって、「歌、うとたろか。」と言った。私が息を呑むと、白骨は笑って歌い出した。雨降りお月さま、雲のかげ、お嫁に行く時ゃ、だれと行く。私が小学生の時に習った歌だった。一人で唐傘さして行く、唐傘ない時ゃ、だれと行く。白骨は克明な記憶で歌った。そこへ狐が二本目の銚子を持って来た。横から私に酌をしてくれながら、「こんな顔でしょうか。」と言った。はっとして見ると、狐の顔の底に「湿り顔の鼻べちゃ」が透けて見えた。全身のうぶ毛が総毛立った。

夕暮れの湖は少しずつ暗くなって行った。夏になれば、私は四十五歳になるのだった。もう早、取り返しのつかないことである。恐らくはこのまま、取り立てて面白いこともなければ、さして悲しいこともなく、私の人生は暮れて行くに相違なかった。少しずつ、死の準備をしなければならない。白骨の男は笑っていた。

「どや、も一遍、歌、うとたろか。」

「いや。どうもありがとうございました。」

茶店を出ると、私は男が歌ってくれた歌を小声に歌いながら、人気のない坂道を相模湖駅の方へ歩いて行った。その夜、氷川下町のアパートへ帰ると、遺書を書いた。と言うても、私のような者にことごとしく書くようなことはない。屍体はごみとして処分。葬儀法事墓は一切不要。遺品貯金はすべて焼却処分。それだけである。書いてしまうと、気持が落着いた。頭の中がしんしんと冴えた。恐ろしい光景であった。言葉の力がそうさせたのである。白骨の男が歌を歌っていた。

併し私には、あと一つしなければならないことがあった。押入れの中の蜜柑箱二箱に詰まっている原稿数千枚の処分である。二十代の半ばから書いて来た小説原稿である。が、いずれも没原稿だった。ほかに私には、雑誌に発表した十篇たらずの中・短篇小説があった。出すには出したが、いずれも人にかえりみられることはなかった文章である。自己評価でも、その程度のものだった。それを悲しいとは思うていたが、基本的に私の書いたものの価値を決めるのは他人だった。それがこの世である。しなければならないのは、これらの無価値の原稿の処分である。

私はもう五年近く原稿を書いていなかった。己れの無能がよくよく骨身に沁みたからだった。それに後ろから押されるように、会社の仕事に全霊を打ち込んで来た。併しその仕事も終りが近づいていた。その先のことは分らなかった。押入れから箱を取り出して、三つ四つ文章を走り読みした。併しいずれにも読むに堪え得ない苦痛を覚えた。あまりのお粗末にげっそりした。雑誌に出したものは出したもので、よくもこんなものを、としか思えないものだった。いずれも青春の無慙な残骸だった。悪夢の残骸だった。併しも早、これをふたたび押入れの中へ仕舞うことは出来なかった。と言うて、捨てることも出来なかった。

私の中にはこれを惜しむ気持があった。まだしぶとくこれに執着し、死に切れない虫が蠢いていた。正月休みが終ると、私は息を詰めてこれらを順番に読みはじめた。が、すぐにこの作業はどこかへ取り紛れてしまった。数年前から会社で私に託されて来た仕事が、最後の詰めの段階に差し掛かりながら、併しその段階に来てずるずると遅れに遅れ、私は多くこれに意を用いることに忙殺され出した。すでに会社経費を数億円つぎ込んでいた。ここに来て、それをおろそかにすることは出来なかった。私は思い屈し、併し毎日がカチカチ山の狸のごとく、背中に火がついた状態だった。どうあっても沈没することは出来なかった。

春が過ぎ、夏になった。事態はいよいよ悪くなっていた。二年前の早春にも同じように切迫した状況に追い込まれ、その時は私は血尿と悪寒を押して会社へ出ているうちに、事務所で倒れ、五十日余の病院生活を余儀なくされた。併しそれはまだ病院で寝ている余裕があったということだ。こんどはもっとぎりぎりのところへ追い詰められていた。夏の光が、地上に濃い陰を落としていた。アパートの隣家の庭の木槿の花が、一日咲いては落ち、一日咲いては落ちしていた。

ある日、会社から帰ると郵便受けに書籍小包が届いていた。書肆山田から、高橋順子さんの詩集「幸福な葉っぱ」が送られて来たのであった。この人は私は直接には知らない人であった。併し二、三年前に会社で古雑誌を整理している時に、ある婦人雑誌に出ていたこの人の詩がふと目に入った。

河豚毒

日本の夜が明かるくなりはじめたのは昭和三十五年、六〇年安保のころからだといわれております。その年は肥前水俣に発生した奇病がテレビで全国に初めて伝えられた年でもありました。昭和三十年四月に始まった日本の高度経済成長政策がようやく夜の明かるさとして人の目にもはっきりしはじめたのです。すなわち電力事情がよくなったということです。それ以前の日本社会の夜は、夜がくれば当然のごとく漆黒の闇でした。ことに田舎生活においてはそうでした。

私が小学校三年生のことです。ということは昭和二十九年夏ということになりますが、そのころはしばしば停電ということがありました。停電の夜は田舎の大きながらんどうのような百姓家の中に蝋燭の光が一つ二つと燃えていました。そういう闇の中の光に照らされた父や母、弟などの顔は昼間見るのと違い、別人のように異様な凹凸を見せ、異者の翳りを帯びていました。そのころは初夏の夕べにはよく村はずれの飾磨川の川べりなどへ団扇をもって蛍狩りに行きました。闇の中に青白い虫の霊のような光が無数に漂っているのでした。草叢の中にも光っている目がありました。草叢が動くので、それは蛇の日だということがわかって驚いたこともあります。

その時分のことです。隣村の阿成村《あなせ》で河豚を食べて夫婦者が二人死んだという話が伝わりました。その時分は河豚に当たると地べたに深い穴を掘って、人の体を縦に入れ、首だけ地面の上に出しておくと、生き返ると言われていました。

ある晩のことです。私は父に連れられて家《うち》を出ました。田んぼ道には提灯の列が二つ四つと続いていました。みんな阿成村へ向かって歩いているのです。亡くなった夫婦者の家の庭へ行くと、ボーっと照らされた提灯の中に男と女の首が地べたの上に突き出ていました。誰もみな無言でその首を提灯で照らし、黙って見ていました。首は男も女もすでに目を閉じていました。夫婦者の幼い子ども二人が側に突っ立っていました。一人は弟の小学校の同級生です。

帰りはまた田んぼ道の闇の中に提灯が三つ四つと続いている中を歩いて帰りました。用水路のほとりに蛍の光が二つ三つと飛んでいました。死者の霊のような光でした。父は家へ帰ると「み、み、見てきた」と吃りながら母に言うていました。

神隠しに遭った男

私は去年春まで西武セゾンに勤めておりました。この企業グループの本部は池袋サンシャイン60にあり、勤務階は五十一階でした。数年前、月に一度ほど同じ企業グループの、渋谷のパルコ本社へ行くことがありました。ある日の午後のことです。渋谷の公園通りは若い人たちで込み合っていました。その雑踏の中で突然「おおッ、ヨシコじゃないか」と言って私を呼びとめた男がいました。四十代半ばを過ぎた会社員風の男でした。彼はニヤニヤ笑いながら私に近づいてきました。しかし私は見覚えがありません。「おれのことわかる、わからへん」と言いました。「失礼ですが、存念いたしておりませんが」と答えると、彼は「そうか」と笑って立ち去りました。あとで考えれば、彼が立ち去った後ろ姿を見て、はっと気がつきました。河東という男です。私が小学校四年生のとき播州飾磨の在所の村で神隠しに遭ったというて大騒ぎをしたことのあった男に相違ありません。私はその男が生きていたことがとても不思議な恐ろしい恐怖感として感じられました。

河東は私より四つ五つ上で当時中学校三年生でした。私に鳶《とんび》の捕まえ方を教えてくれた男です。冬の日に深い米桶の底に鼠捕りで捕まえた鼠を一匹はなします。米桶は直径三十センチ、深さ一メートルくらいはあります。その底に鼠を入れておくのです。当然鼠は逃げようとしますが、何度内壁を上ろうとしても滑り落ちてしまいます。その米桶をかついで冬ざれた播州平野の広い田んぼの真ん中へ行きました。田んぼの真ん中に鼠を入れた米桶を置いておくのです。こちら二人は藁塚の陰に隠れて様子を窺っています。この藁塚というのは脱穀後の米の藁を積み上げたものですが、田んぼの蛇はこの藁塚の中に入って冬眠をするのです。すると鳶が高い冬の青空から獲物を探しています。獲物を見つけるや、四千メートルの高さからも地上に急降下してくるといわれています。それほど鳶は目が鋭いのです。

ある瞬間、鳶が急降下して来ました。米桶の中に一直線に飛び込みました。おそらくは両足で鼠を摑んだことでしょう。しかし鳶の習性としては飛び立つときには左右に大きく翼を広げ、力強く羽ばたかねばなりません。しかし深さ一メートル直径三十センチの米桶の底ではそれは不可能なことです。河東と私は走っていって上から網をかぶせました。鳶を生け捕りにすることが出来たのです。河東はその鳶の足に長い紐をつけて家《うち》で飼っていました。餌は藁塚の中から見つけてきた冬眠中の蛇であるとか鼠であるとか肉類のものを喰わせていました。

ある日のことです。河東が学校から家《うち》へ帰ってきました。奥に中気で寝たきりのお爺さんが一人いました。お爺さんは孫が帰って来て上がり座敷の畳の上に鞄を投げ出した音を確かに聞いたのだそうです。他の家《うち》の者はみんな出払っていました。六月の麦秋のころです。みんな田んぼへ行っていたのです。お爺さんは当然孫もこれから田んぼへ手伝いに行くのだろうと思いました。しかし夕暮れになって、河東の父と母と弟が田んぼから帰って来ると、龍彦はどうしたか、と尋ねました。お爺さんは、「あれ、田んぼへ行ったのではなかったのか」と申しました。「今日は来て手伝ってくれる手はずになっていたのに」と父母は申しました。どうしたのだろうと考えて家の中を探し回ると庭便所の前にその二日前に買ったばかりの真新しい靴が揃えて脱ぎ捨ててありました。しかし便所の中には河東の姿は見えません。肥壺に落ちたかと思うて柄杓で中を掻き回してみましたが、それらしき死体も見つかりません。

村はそれから一時間もしないうちに騒然としました。野面、林の中、竹藪の中、山、お寺の縁の下にいたるまで、村中総出で捜し回りました。火の見櫓に立って半鐘を鳴らしている男もいます。その隣には海軍用双眼鏡を持ち出して四方を見ている男もいます。私も心当たりを捜しました。その頃、大人たちが囁く神隠しという言葉が耳に入りました。恐ろしい出来事だと思いました。私は河東の家へ行ってみました。いつも足に紐をつけられて縁側とかその先の物干しの竹竿に止まっているはずの鳶の姿が見えません。紐は鋭い鎌のようなもので切られていました。しかし河東の姿は見当たりません。河東の姿はそれから永遠に私たちの前から消えてしまったのです。河東の父母の嘆きは深いものでした。庭井戸の井戸浚いをして井戸の底を見ていたこともあります。

じつにそれから三十数年を経て、渋谷の公園通りで私はおそらくは河東であろう男に突然声をかけられたのです。私の本名は嘉彦です。しかし子どものころみんなにヨシコちゃんと呼ばれていました。そういう名前を知っているのは東京においては誰もいません。あの公園通りで立ち去っていった男は河東に相違ないと確信いたしましたが、生きていてよかったという感慨が浮かぶよりは、この世から消えたはずの男が生きていたことへの恐怖感だけが心に強く残りました。

長虫

私は播州飾磨の在所の百姓の倅である。家の東側、南側は田んぼだった。恐らくそのせいで、家の中、庭には蛇がたくさんいた。「家《うち》には、なんでこない蛇が多いんやろ。」と、母がよく嘆いていた。夜、布団の中で眠っていると、青大将が私の顔の上を這って行くこともあったし、祖母が夜中に庭便所へ行こうとして、畳の上で縞蛇を踏みつけ、ために体に巻きつかれ、悲鳴を上げたこともあった。

私方では養鶏もしていた。すると鼬《いたち》がよく卵を盗みに来た。前足二本で卵を抱え、逃げて行くのである。これはよいのであるが、夜中に蛇が卵を盗みに来ると、困った。蛇は鶏の頸に巻きつき、締め殺そうとするのである。鶏は物凄い悲鳴を上げる。家族の者はこの悲鳴で目が醒め、走って行く。仕方がないので、弟が草刈り鎌で蛇の頸を切り落とす。落ちた頸はまだ動いている。蛇の胴体を鶏から取り外し、頸といっしょに弟が近くの堀へ捨てに行く。

私は三十六歳の夏、二度目に東京へ出て来たが、その日の朝、玄関前で父、母と話していると、庭の樫の木に蛇がぶら下がっていた。私の生家では珍しくない光景であるが、忘れられない。いや、私は物心ついた頃からよく蛇を見たが、その場所はすべて記憶の中で鮮明である。東京へ出て来ると、白山薬師坂の上のアパートに入居した。このアパートの裏は崖で、雑草がおい繁っていて、台所の窓からよく蛇が部屋の中へ入って来た。私は頸を掴んで、また崖へ戻してやった。斜め前の家の垣根の木にも、よく蛇がいた。こちらの方は喉を撫でてやると、喜んでいた。

蛇のことを長虫とも言うのは、深澤七郎『楢山節考』を読むまでは知らなかった。

夏はいやだよ
道がわるい

むかで　ながむし
　山かがし

作品の末尾に深澤作詩作曲の「楢山節」が載せてあるのである。日本列島に住む蛇は、沖縄列島のはぶ、九州以北の蝮、以外はすべて無毒である。

エッセイ

補陀落山

私が生まれた村には、村の人から「道場《どうじょ》」と呼ばれている小さなお寺があった。まだ小学生だった頃、その道場の「お坊《じゅっ》さん」から補陀落渡海《ふだらくとかい》の話しを聞いた。お釈迦さまの教えでは、観世音菩薩が住んでおられる補陀落山《ふだらくせん》が、南海上にあると言う。日本では中世に、小舟で単身、その補陀落山を目指して、熊野灘や足摺岬から海を渡ろうとした人がいた、という話しも道場のお坊さんから聞かされた。補陀落山は別名、光明山、海島山、小花樹山とも言うのであるが、そんな山などない、ということは、何となく子供の私にも分かっていた。それでも心の中のどこかには、あればいいのにな、という思いがいま以《もっ》てあるのであった。つまり私は佛教徒であり、愚か者なのである。

お釈迦さまは印度《インド》の人であるので、南海とはインド洋のことである。船がシンガポール港を出航して、インド洋に入ると、私は毎日、甲板《かんぱん》に出て、どこかに補陀落山が見えないか、それればかり真剣に探していた。が、数日後、船はアフリカ大陸東部の沖にある、セーシェル共和国のポートヴィクトリアに着いてしまった。補陀落山はついに見えなかった。これには、がっかりした。お釈迦さまに騙《だま》されたような気がした。実感としてそれを確認し、恐怖を感じた。併《しか》し私はあくまで佛教徒であり、お釈迦さまのお教えを心の一番深いところにおいて生きている。それ以外に、生きて行く指針はないのである。

世界一周航海の船に乗って、一番よかったのは、補陀落山はないことを確認できたことである。もしこの山を見ていたら、非常に驚いたかも知れない。

私の叔父・従弟《いとこ》などには、五十歳までに自殺した人が五人もいるが、死後のことは、私には分からない。一人を除き、他の四人に共通しているのは、この世での贅沢な生活を望み、それがかなえられなかったから、自殺した。私の目から見れば、四人とも阿呆である。私は贅沢な生活を敵視し、可能な限り、質素な生活をして来たので、六十四歳になったいまも、生きている。お上に対しても、経済的援助をして欲しいなどという、虫のいいことを願ったことは一度もない。私は生まれつきの身体障害者であるが、それに対する国庫からの援助も期待したことはない。期待するから、精神的に苦しい生活をしなければならないのである。

これら五人の自殺事件に際して、くり返し、「極楽」「煉獄《れんごく》」「地獄」などという言葉が、私の耳に届いた。「煉獄」とは「この世」のことである。私は自分は死後、地獄へ行くだろうとほぼ確信し、それでよい、と覚悟している。この覚悟が出来ない人が、多い。考えが甘いのである。補陀落山など、ないのである。この世に人間として生まれて来たことが、最大の不運・不幸である。うちの嫁はんは、そうは思うてはいないので、世界一周航海に行きたいなどと言い出したのである。嫁がそういうことを言い出すと、夫としては金の用意をしなければならない。用意ができなければ、どうなるか。それは考えるだに、恐ろしいことだった。

私は田舎の貧しい百姓の小倅で、昔、東京の大学へ進学したいと言い出し、両親を大変に悩ませた。悩ませるなどということは考えずに言い出したのであるが、お袋が高等学校の担任教諭のところへ相談に行くと、「大丈夫です、絶対に受かりません。」と言われて、安心し、それで受験だけはさせてやるということになったのだが、意外なことに、合格してしまったのである。その時の親父の苦悩は、いまになって想像して見ると、空恐ろしい。悪いことをした、と思わない日はない。せめて私が世に作家として認められた日まで生きていて欲しかった、とは毎日思うが、父はその数年前に気が狂って、死んでいた。補陀落山などないことも確認したので、なお苦しい。

それからまた思うことは、アフリカ大陸へ行くと、貧しい生活をしている人たちがいっぱい、いるということである。貧しいけれども、幸福そうな笑みを浮かべている子供は多いが。ところが近年は、昔よりさらに多く国々が資源を求めて進出（侵略）しようとしており、あの子供たちの笑顔を思い出すと、苦《にが》い思いが浮かぶ。

南アメリカ大陸最南端の小さな町・ウシュアイアは美しい町だった。そこにも今日では喫茶店があった。私は町の中を歩いているうちに、うんこがしたくなり、折よく近くに喫茶店があったので、その店の便所を借りた。そして嫁はんと二人、紅茶を呑んだ。あんなに美味しい紅茶は呑んだことがない。いまでも感謝の気持が湧いて来る。

和辻哲郎の苦悩

昔、哲学者の和辻哲郎は自分の嫁はんが、友人の哲学者・阿部次郎と出来ていることを告白した時、驚き、苦悩し、東京帝国大学教授を辞任して、京都帝国大学に転任した。そして時間のある限り、嫁はんを連れて、奈良県の寺々を訪ね歩き、佛の前に二人して額《ぬか》ずき、『古寺巡礼』（岩波文庫）を表した。和辻は作家になることを目指して、播州の田舎から東京に出て来た人であるが、旧制第一高等学校の時、谷崎潤一郎たち同級生と「新思潮」という同人雑誌を出した。その創刊号に谷崎が「刺青」を発表した。これを読んだ和辻は、同じ雑誌に発表した自分の小説と比べて、余りにも自分の作品は程度が低いことを痛感した。そして作家になることは諦めたのであるが、嫁の姦通事件は、それ以上の衝撃だった。

私は播州飾磨《しかま》の出であるが、播州における一番の友達のお母さんが、和辻哲郎の従妹《いとこ》で、子供の頃から仲がよく、哲郎は京都に移って来たあと、ある日、その従妹の嫁ぎ先へ訪ねて来て、涙を流しながら、自分の嫁の姦通事件を告白したと、私はそのお母さんから聞かされた。和辻の死の直後のことである。この告白は、大和の古寺を訪ね歩いていた頃のことであるとか。つまり和辻にも、佛の前に額ずく以外には、救いの道はなかったのである。和辻は近代日本の最高の哲学者である。それは和辻の苦悩の深さに裏づけられたものである。苦悩の薄い人には、哲学者や作家になる道はない。私は生まれた時から遺伝性蓄膿症（アレルギー性副鼻腔炎）患者であって、鼻で息が出来ない。絶えず鼻孔から膿《うみ》が流れ出て来るので、一日二百回ぐらい、膿を拭《ぬぐ》い取らねばならない。苦痛である。鼻で息が出来る、とはどういう状態なのか、それが分からないのである。だから鼻で呼吸できる女・男からよく小馬鹿にされた。汚いッ、と面罵するのである。汚いのは事実であるから、黙って生きて来た。

借金

日本の作家の中で一番借金の返済に苦慮したのは、恐らく夏目漱石だろう。妻・鏡子の父が山縣有朋内閣の貴族院書記官長中根重一で、この人は商品先物取引に手を出し、数億円の借金を抱え込んだ。当時は、東京帝国大学を出て大蔵省に勤めた人の初任給が月三十円の時代だった。いかに膨大な借金を抱え込んだかが知れる。中根家は、現在の牛込矢来町の新潮社の敷地にあった。牛込一の金持ちだっただろう。当然、屋敷は借金の形《かた》として取り上げられ、中根一家は追い出された。その借金が娘婿の夏目金之助（漱石）の肩に掛かって来た。

金之助は当時、東京帝国大学講師・第一高等学校教授だった。年間収入は千五百円ほどであったらしい。金之助は苦慮した。嫁を生家に追い返そうとしたが、鏡子はまた金之助の許《もと》に帰って来て、おいて下さいと言う。金之助はそれを受け容れる。つまり重一の借金を引き受けたのである。が、月々の給料だけでは借金を返せない。金之助は漱石という名で小説「吾輩は猫である」を書きはじめる。その原稿料・印税で借金を返済して行こうとしたのである。すると、この小説に目を付けた人がいた。讀賣新聞の人である。年収九百円で引き抜こうとした。が、漱石は応じなかった。すると朝日新聞の人が年収二千八百円で引き抜いた。漱石はそれから死ぬまで十年余、朝日新聞に小説を書き続けた。いずれも傑作である。死んだのは満四十九歳の冬である。が、この時点ではまだ相当量の借金が残っていた。死後、弟子の岩波茂雄が『漱石全集』を刊行して、借金の返済に尽力した。完済したのは、漱石の死後、十年余が過ぎた頃だったと言われている。して見れば、中根重一の借金を引き受けなければ、金之助は恐らく帝大の英文学教授として長寿を完《まっと》うしただろう。漱石が「愛の人」であると言われる所以《ゆえん》である。

救いのない救い

私は佛教徒である。お釈迦さま、道元禅師《ぜんじ》、親鸞聖人の教えを基《もとい》に生きて来た。公刊されているお経はすべて読み、研究書もかなり読んだ。『摩訶般若波羅蜜多心経』（『般若心経』）は、経典がなくても、口で誦《ず》すことが出来る。私は昭和二十年七月朔《さく》、先の大戦末期に播州飾磨《しかま》の、在所の百姓の子として生まれた。幼児の時から、祖父・市太郎の背に負われて、よく飾磨のお寺へ行き、お坊さまの話を聞いていた。五歳くらいになると、祖母・みかに連れられ、姫路船場御坊へたびたび行った。船場御坊の庭には、癩《らい》病患者が十人ほど坐り、前に賽銭箱《さいせんばこ》の弁当箱をおいていた。（当時はまだ「ハンセン氏病」という言葉はなく、その頃は不治の病いと思われていたが、現在では治《なお》る病いになった）。また傷痍《しょうい》軍人がアコーディオンで音楽を奏でながら、賽銭を待っていた。私方は京都の東本願寺門徒である。年に二度、京都から「大沼はん」と呼ばれる説教師が姫路へお見えになり、この人によって「極楽」「地獄」を知った。

私は作家であるので、死後はかならず地獄へ逝《い》くと確信している。作家とは「人間悪」をあばく人であるから。つまり作家とは人間の真・善・美・偽・悪・醜を書く人である。三十一歳の冬、京で料理場の下働きをしている時、ある夕、ふと作家になるためには、これら六つを極めなければ、なれないということに気づいた。偽・悪・醜を書くことは苦痛である。世の多くの人は、作家になりたいと願っても、この苦痛に堪えられないので、なれない。従って日々、新聞紙上に広告されている文学書の大部分は、「作家まがい」が書いた本である。ひとかけらも、覚悟のない本である。

私の母・信子はいま八十五歳である。元気に田んぼ仕事をしている。秋の稔《みの》りの季節が来ると、この母が田んぼの稲田の中に立って、「ああ、ここがうちの極楽や。うちはいま極楽の中に立っとんや」とよく言う。「佛の教えは毛穴から」とよく言う。佛さまの教えは、いくら佛教書を読んでも、いくらお坊さまの説教を聞いても分からない、と言うているのである。百姓のごとく毎日、田んぼへ行って辛《つら》い目を見て、稔りの日を迎えなければ、極楽は来ないと言うているのである。父・市郎は平成三年夏に、狂死した。結核菌が脳に上《のぼ》ったのである。父も一生、田んぼ仕事と呉服の行商に明け暮れしていたが、悪いことは一切しなかったので、極楽へ行っただろう。

私は鼻で息が出来ない子として、この世に生まれて来た。遺伝性蓄膿症《ちくのうしょう》（アレルギー性副鼻孔炎《ふくびこうえん》）。両親がそういう病いだったので、私も、弟・照雅も同じ病いを背負って生まれて来た。二人とも洟《はな》たれ小僧だったので、人から「お前は汚い」とよくからかわれた。一日に二百回ぐらい、洟をかまねばならない。健康な人も風邪を引けば、洟をかんでいるが、この病いの人の鼻孔からたれて来るのは、洟ではなく、実は膿《うみ》である。顔面の裏側の骨と、頭蓋骨《ずがいこつ》の内側の骨が腐っているのである。だから口で呼吸して生きて来た。ただ、この病いの人の九割は、顔面の裏側の骨だけが腐っているので、病院で手術を受ければ治る。が、頭蓋骨（額《ひたい》）の内側の骨まで腐っている人は、その手前に蝟集《いしゅう》する視神経を切断しなければ、手術は出来ないので、医者から盲人になっても構いませんと記された紙に、署名・捺印を求められる。私の知っている人で、署名・捺印をして手術を受けた人は一人だけである。鼻の病いは快くなったが、盲人になった。この女人は、のち按摩《あんま》さんになった。「目が見えないより、鼻で呼吸できない方が、はるかに苦しい」と私に言うている。私はいつも黙って下を向いている。

人の苦痛の原因は、ほぼ三つである。病気、貧困、思想的挫折。私は病気では苦しい思いをして来たが、ほかの二つでは、死の寸前にまで追い詰められたことはない。お金持ちの生活よりは貧乏生活の方が気が楽だと思うので、三十歳代の八年間は、月給二萬円ぐらいで料理屋の下足番・調理場の下働きをしていた。大学時代の元同級生たちは、三十萬円ぐらい貰《もら》っていると言うていた。が、羨《うらや》ましいと思うたことは、一度もない。寝るところがないので、国鉄神戸駅構内のベンチに寝ていた夜もある。

「久遠劫《くおんごふ》よりいまゝで流転《るてん》せる苦悩《くなう》の旧里はすてがたく、いまだむまれざる安養《あんやう》の浄土はこひしからずさふらふ」（『歎異抄』岩波文庫・旧版）。これは親鸞聖人が言われた『歎異抄』の中の言葉である。つまり「私は死にたくはない」と言うておられるのである。併《しか》し人はかならず死ぬのである。親鸞聖人は安養の浄土（極楽）へ行かれただろうが。

小池てん子先生

　去年の秋、長野の善光寺へ行った。私はいま六十六歳であるが、善光寺へ行くのは大学一年生の夏休み以来のことだった。私は佛教徒であるので、お寺へお参りに行くと、心が静まるのである。「牛に引かれて善光寺参り。」という言葉もある。

　このたび行ったのは、播州姫路の市立飾磨中部中学校で簿記を教えていただいた小池典子先生にお目に掛りたい、と思うたからである。小池先生は現在、八十二歳で独身。東京女子大学卒。お元気そうに見えた。久闊を叙すことが出来、迚も心安らかな気持で帰京できた。小池先生は名が典子なので、長い間、「のり子」と読むのだと思うていたが、数年前、諏訪湖畔の自宅からお手紙をいただいて、「みち子」とルビが振ってあったので驚いた。

慌てて漢和辞典で確認した。

私は中学生の時、よくこの先生のことをからかっていた。「小池てん子ッ。」「お黙り。」「小池てん子ッ。」「シャラップッ。」「小池てん子ッ。」ここでいつも、黙ってしまわれるのだった。実にからかい甲斐のある方だった。一日に三度以上もからかったこともあったのだそうである。私の人生で、あれほど素敵な時間を過ごしたことはなかった。思い出すたびに、この上なく楽しい笑いが込み上げて来る。そう申し上げると、「失礼ね。」と呟いて、顔を顰めておられた。級友の「永井」を「ロング。」と呼んでいたら、「なるほどね。」と仰ったこともあった。「小池てん子ッ。」ありがとうございました。諏訪湖畔からお手紙をいただいた時は《「車谷＝チャック」は私にとって忘れ得ぬ生徒の一人なのです。この子、大人になったらどんなになるのかしらと、授業に行くのが楽しみでした。しかし君の存在は疲れました。》と記してある。「チャック」は、私が「てん子ッ。」とからかうたびに、ご自分の口に指を二本当て、チャックで口を閉じられる真似をなさるのだった。

失礼ながら、「小池先生はなぜ今でも独身なのですか。」と尋ねると、「昭和二十年代から三十年代は共産主義が猛威を振るい、私は共産主義は恐いと思っていたし、だからそういう主義者とは結婚したくなかったのが第一。次ぎに学校の先生とは結婚したくなかったのが第二。」と仰った。もし結婚することが「よいこと。」だとするなら、気の毒な方である。私は生まれ付きの身体障害者なので鼻で息が出来ないし、五十二歳の冬、「赤目四十八瀧心中未遂」（文藝春秋）の原稿を書き上げた瞬間、強迫神経症に罹ったので、いまは身心ともに病人である。精神病の方は七割ほど快くなったが、これ以上、快くなった患者は過去に例がないと、慶応病院の精神科医が言うている。この話しをすると、小池先生は「あらァ。」と声を出し、驚いた、という表情をなさった。「私はそういう人を、ほかに知らない。」とも。

小池先生の知人の男性にも、私の小説の愛読者がいて、私が長野に来ると聞いて、「ぜひ、お目に掛りたい。」と仰ったのだそうであるが、生憎、その日は別に用があって、「お目に掛れないのが、迚も残念です。」と仰ったのだそうである。それで帰宅後、私の俳句を記した色紙を書いて郵送した。でも、長野では私の名を知る人は、ごく少数なのだそうだ。私は世の中では「悪人・車谷。」と言われている。だから、小池先生は「私はあなたの小説を読むと恐い。」とも。

つまり、善人には小説は書けないのである。その典型的な例が和辻哲郎と柳田國男である。二人とも私と同じ播州の出身であり、ともに医者の倅である。二人とも作家になることを目指して、東京へ出て来たのであるが、なれなかった。だから別の途へ進んだ。和辻は哲学者に、柳田は民俗学者になった。和辻は夏目漱石の授業を、旧制第一高等学校の時、校庭の窓の下に坐って聞いていたのだそうである。漱石は理科系の生徒を教えていたのである。和辻は六十四歳まで小説原稿を書いていた。それを大学の同級生・岩波茂雄に頼んで、岩波書店発行の雑誌に載せてもらっていたが、単行本は上板してもらえなかった。死後、岩波書店から刊行された全集には、その小説は収録されている。読んで見ると、全部駄作ばかりである。

世の人には四種類の頭脳がある。頭のいい人。頭の悪い人。頭の強い人。頭の弱い人。この中で絶対に小説家になれないのは「頭のいい人」である。頭のいい人は、人間の偽・悪・醜について考えていると、頭が痛くなってしまうのである。その痛みから解放されるのには、眠ってしまうほかに途はない。和辻哲郎がそう書いている。小説を書くのに一番向いているのは「頭の強い人」である。その典型が漱石、永井荷風、太宰治などである。

岩波書店を創業した岩波茂雄は、小池先生と同じ諏訪湖畔の出身である。生家が記念館になっているとか。私は各種の「記念館」なるところへ行くのが嫌いなので、ほとんど行ったことがない。一度だけ、私の生家がある播州播磨から、自転車に乗って隣り町の龍野にある三木清記念館へ行ったことがあるが。哲学者の三木が、のちに三木の妻になった東畑喜美子に宛てた結婚を申し込む求愛の手紙が展示してあった。それだけが印象に残った。三木は先の大東亜戦争敗戦後まで、獄に繋がれていて、獄中で亡くなった。気の毒な最期だった。私は全集を図書館で、全部読んだ。この記念館へ行った直後のことである。当時の私は三十歳余で、失業者だった。

　作家になりたければ、全集を読みたまえ、と小林秀雄が書き残している。私はその通りにして来た。漱石全集は二度読んだ。二度目は三十八歳の夏、作家になる決心をして、二度目に東京へ出て来た直後に読んだ。ほぼ無一物の身だったから、近くの図書館から借りて来て読んだ。漱石は小説・詩・漢詩・俳句・その他、多くを書いたが、駄作は一つとしてない。こういう人は他に類を見ない。苦労のほどが違うのである。特にお金の苦労が。四十九歳で胃潰瘍による出血で亡くなったが、最後の言葉は「死ぬのは厭だッ。」という叫びだったと、多くの弟子が書き残している。その葬式の日、和辻哲郎は夏目家の便所の大便用の壺へ落ちた。こういう話しを、小池典子先生にもした。

時は止まらない

私方は東京文京区千駄木の露地奥にある。毎朝七時になると、嫁はんと一緒に根津権現の境内を越えて、谷中藍染町のあかじ坂を、大名時計博物館まで歩いて行き、三浦坂を下りて来る。毎朝の散歩コースである。途中、根津権現の境内で、池の鯉に餌の麩を上げたりする。

「とけい」とは「時計」と江戸時代から書いて来たが、博物館には多くの和時計が並んでいる。はじめて見る時計ばかりだったが、時を知らせる音は実にいい音だった。私ははじめて聞いた。忘れられない音だった。時計とはいろいろな書き方があるが、斗景、土圭、土計、斗鶏、自鳴鐘、時規、時辰表、時辰儀などとも書く。

古代イタリアの警世家タイケが「時よ止まれ」という言葉を残しているが、しかし時は止まらないのである。だから私はなるたけ時計の秒針を見ないようにしている。人の一番の不幸は時を止めることができないことである。だから自分の死後も自分の文学作品を残そうとするのである。拙句に、

隣家より男の声す竹の秋

納屋深し死者の家にもつぐみ来る

という句があるが、私に取っては、句の構想をねっているときが一番楽しい時である。もしよい句が出来れば、昔の松尾芭蕉のように後世の人にも読んでもらえるのである。このごろは仲秋を過ぎ、虫の音も少し小さくなって来たようである。発句をしていると、あまり人事のことを考えなくて済むので、心が休まる。心穏やかに時を過ごすことが出来る。だから、私はテレビなどはほとんど見ない。そうすると穏やかに眠れるのである。

登山の後で

毎年、一度は夏山に登るのが、私にとっては心身の健康に一番良いことだと信じている。今年（平成二十四年）は岩手県の鞍掛山八九七メートルに登った。仲間は私たち夫婦と野家啓一・裕子夫妻、寺田光和氏、そのご子息の和夫・和子夫妻、菊池唯子さん、水月りのさんである。野家氏は東北大学哲学教授で、ヒマラヤの山にも登られた経験の持ち主である。私とりのさんを除けば、みな学校の先生の経験がある。寺田光和氏は今年二月、百歳を迎えられた。実に驚くべきことである。私たちは光和氏の百歳記念登頂を祝して、山の天辺で万歳をした。本当に嬉しかった。光和氏は秋田市の方であるが、冬場でも朝、目が覚めると一番に乾布摩擦をなさるのだそうである。温かいところに暮らしている私などは、たただ頭が下がる。

　鞍掛山の登り掛けには右手に広々とした牧場が見えた。乳牛が何頭も草を食んでいる。こういうのんびりとした光景を目にすると、普段東京の喧騒の中で暮らしている私などは心が癒される。唐松林の中の細い道を登って行くと、水飲み場があって、嫁はんはペットボトルにその水を詰めた。そうこうするうち頂上に着くと、目の前に南部富士・岩手山二〇三八メートルが聳えていた。眺望の素晴らしさは、お天気の良い日に山に登る最大の喜びであり、癒しである。下山の時はキラキラ光を返す小楢林を通った。道の奥に昔、石器を焼いた竈があった。現在では廃炉になっていたが。

　去年は同じ仲間たちと蔵王に登り、一昨年は八甲田縦走だった。私は百姓の倅なので、足腰には自信があるが、八甲田山系では気分が悪くなり、赤倉岳一五四〇メートルを前にして脱落した。私が皆から離れて、一人ケーブルカーで下山しているとき、土砂降りの雨になり、窓が真ッ白になった。

　その夜、宿で前年からの続きの連句会をした。連句は「座の文藝」とも言われ、互いに付き過ぎず、離れ過ぎず、連想して繋げてゆくものだが、酒席の余興としてはなかなか面白い。そのさわり部分を以下に記す。

波しづか鴎むれとぶ春の海　光和
年がひもなく高速飛ばし　和夫
恋の果て水沫となりし人魚姫　和子
君も塾かァ塩から女　長吉
草いきれちり紙のなき小説家　唯魚
大言壮語虚言悪たれ　泣魚
亀鳴くや天金の書を開くたび　啓一

唯魚は菊池唯子さん、泣魚は嫁はんの俳号である。私の句の「塾」は慶応義塾大学のこと。この句の面影は水月りのさん。「ちり紙のなき小説家」は私が早池峰山の山道でうんこをしたのを目撃されたらしい。ちり紙はいつも持っているのだが。唯子さんは「なぜかカルチャーショックを感じました。」と言っていた。「大言壮語虚言悪たれ」。いやはや。「亀鳴く」は虚実皮膜の間にある春の季語。「天金の書」は車谷長吉全集だそうだ。有り難い。

翌日は台風をついて三内丸山遺跡を見学。青森駅前の市場内の食堂で、うに丼を食べる。美味。私は当時煙草を喫っていて、全車禁煙になったJR東日本の新幹線に乗れず、仙台まで野家氏の車に同乗させてもらうことにする。盛岡在住の唯子さんに案内してもらって、大雨の中を市内の南部鉄器製造の店へ連れて行って頂いた。

先祖が南部藩の御釜師だったという鈴木主善堂という店のご主人に、特注の風鈴製造を頼んだ。実は以前どこかで見たのだが、普通の風鈴の十倍ぐらいの大きさで、いい音の出るものが欲しかった。店には現在型がないので、江戸時代の図面から型を取り、それから鋳込むという。私は来年の夏までに、百万円を出ないで造ってください、と頼んだ。

その年の暮れも近くなって、盛岡から大風鈴が届いた。大風鈴ゆえ舌の短冊も大きい。鉄とゴムのハンマーも付けてくれて、「鐘としてこれで撞いてみてはいかがでしょうか」という手紙が添えられていた。聴き較べてみると、師走の風に鳴る音も凄まじくていいが、ゴムのハンマーによって生まれる音色がいい。やわらかく陰々といつまでも空気を震わせている。

軒先に吊るすのも惜しまれて、居間の鴨居に下げた。私たち夫婦は毎朝散歩から帰ると、この風鈴の音を聴きながら、般若心経をあげている。そうすると、実に心が静まるのだった。

風鈴にはちいさな蛙が一ぴきあしらってある。しがみついて、音を聴いている風情である。私は子どものころ、よく蛙の姿を見て暮らしていたので、ほっとする。夜にも鳴らしたくなるが、嫁はんに「怖い」と言われるので、それは我慢している。

地獄極楽

　地獄に落ちることを私は覚悟しているのだが、長年小説を書いてモデルにしたがゆえに深く傷つけた人たちに謝ろうと思うて、平成二十年の春浅いころ、嫁はんとともに四国八十八ヶ所のお遍路の旅に出た。嫁はんは四国生まれの父親の代参として、極楽往生をお願いしたいのだと言うていた。

「ケンコウ、カンコウ、シンコウ！」と声高に唱えるお遍路もいた。日にちと経費を節約し、一日三十キロ歩いて四十日で手早く結願したいというのである。なんのために競争社会の原理をお四国に持ち込むのか。私はせいぜい十八キロだった。みなが私を追い抜いていった。追い抜かれてもよいと思うた。

歩きだすとストレスの原因になるものが消えていることに気づいた。時計も必要なくなった。怪我と捻挫のためにバスや電車を使った嫁はんとは札所と宿で落ち合うことにしたが、これも出会えるまで双方が待っていればいいのだ。橋のたもとに二時間坐っていたときもあるが、私が煙草をとりだすと、「ああ、驚いた、お地蔵様かと思った」と言われたこともあった。

出来るだけ楽に巡って極楽への通行証を得たいと思う人は団体のバスに乗るのだが、足腰達者な人には私は歩き遍路をすすめたい。歩き遍路のいいところはお四国の人たちの心に触れられることである。子どもから「ジュースを買ってください」と百二十円喜捨されたこともある。また団体専用の宿では決して味わえない体験をすることがある。

昔、坂本龍馬が土佐から長州へ脱藩する時に通った松尾峠を越えて、伊予へ入って五日目、「とうべや」という民宿に泊まった。ここの主人は連れ合いを亡くした方で、夜、食事を頂いていると、窓の下に山から狸が二匹下りて来ているという。窓を開けて晩飯の残りを上げると、喜んで食べた。可愛い目の狸である。野生の狸は警戒心が強く、最初の頃はなかなか近寄って来なかったのが、だんだんに慣れてきたそうだ。食べ終えると、山へ帰って行くのである。

私は播州播磨の生まれだが、村はずれの墓場には狸と狐の巣があって、子供の頃、魚屋が自転車で魚を売りに来て、売れ残ると、狸の巣の穴の中に魚を投げ入れてやっているのを度々見た。それを思い出して、久しぶりに童心に返ったような気がした。

やはり奥さんを亡くした男の人が、夜、近所の自宅での食事を終えると「とうべや」にやって来て、一緒に狸に餌を与えるのも、悲しいような、心温まる出来事だった。

私はいま六十七歳だが、七十歳になったら今度は逆打ち遍路にいって、是非ともあの「とうべや」の狸夫婦に会いたいものだ、とよく思う。

お四国の浜辺や菜の花畑を歩いているとき、私は死後の世界にいるような気がした。爽快であった。私は地獄へ行くはずであったのだが。

不眠

大学一年生の時、私は井の頭線久我山駅に近い家の二階に下宿していた。牛山さんという家で、迚《とて》も可愛い女の子が二人いた。上は小学校一年生、下は幼稚園児だった。二人とも将来美人になることは確実だと思われたが、その歳で、下の女の子は上のお姉ちゃんを嫉妬していた。上の子の方が可愛かったからである。実に驚くべきことだと、私は思っていた。ま、それはそれとして、二十歳になる瞬間、私は腕時計の秒針を見ていて、なった瞬間、電気を消して寝たのをよく憶えている。その頃はよく眠れた。ところが六十八歳になった今では、一睡も出来なくなってしまった。眠ることが出来るのは、一年に一晩だけである。去年のお酉さまへ行って眠った夜以来、一度も眠れない。それで別段、苦痛は感じないが。

二十歳になった時、心に思ったことはただ一つだった。将来、小説原稿を書いて、それを文芸雑誌に投稿し、活字になればいいな、ということだった。それはもう二十歳代の後半に実現した。その瞬間、これでもう死んでもいいと思ったのを、今でもよく憶えている。ところが、今では全集まで出してもらって、もう何の望みもなくなってしまった。実に味気ない毎日である。家には嫁はんがいるが、もう二人とも何も話すことはないので、二人とも黙っている。話すことが出来ることは、もうすでに全部話してしまったからである。

私と私の弟は生まれつき、アレルギー性副鼻腔炎、俗に言う先天性蓄膿症なので、この世で一瞬たりとも鼻で呼吸したことがない。従って口で呼吸するので、絶えず口の中が乾いている。高等学校二年生の夏、四十日ほど病院に入院して手術を受けたが、治らなかった。私も弟も重症で、額の裏側まで膿が溜まっているので、そこまで手術するには、その手前にある視神経を切断する必要があるのである。そうすると目が見えなくなるので、手術は不成功に終わった。ところが、目が見えなくなっても構いません、という念書を書いて手術を受け、鼻で息が出来るようになった女の人を私は知っている。目は見えなくなったが、鼻で息が出来るようになったので、この方が楽だと言っている。実に頭の下がる思いが、絶えず私の心にはある。この人は今、按摩さんをしている。懇切丁寧で、上手な按摩はんや、と評判の人である。

私の両親はともに同じ病気持ちだったので、こんな子が生まれたのである。父も母も亡くなるまで、我々はお前たち二人には実に済まないことをしたと、くり返し言うていた。父も母も苦しかったのだろう。肉体的にも精神的にも。弟は酒も煙草もやらず、ただ毎日、黙々と田圃仕事をしている。偉いな、といつも思う。稼いだ金の半分は、親に捨てられた子の施設と、子に捨てられた老人の施設に寄附している。私は肉親なので黙っているが、近所の女の人で弟の行為を大きな紙に書いて、近所の電車の駅に貼った人がいる。弟も私もびっくりした。弟はすぐにその紙を剥がしに行った。

人生は何か目標がないと実に味気ない。私はもうそれが実現してしまったので、毎日、何もすることがなくて、ぼんやり寝ている。どうしたらいいのだろう、とも思わない。一日にビールを二本呑んで、あとはぼんやりと横になっている。世の中には、困っている人のために、ただ黙々と尽くしている人がいる。私は偉いなとは思うが、自分もあのようにしたいとは思わない。願いはただ一つ、一瞬でいいから鼻で呼吸したい、ということだけである。健康な人には、私や弟のことは決して理解して貰えない。父は鼻で呼吸できない私や弟の口を、横からよく摘んでいた。口を閉じよ、ということだったのだろうが、本当は自分自身がやり切れなかったのだろう。

去年（平成二十五年）、二月十六日、母が癌で亡くなった。私より二十歳上だから、八十七歳だった。十分長生きしたのだから、満足して他界しただろう。お葬式に田舎へ帰って、骨拾いをしたが、別に涙も流れなかった。思い出したのは、私が大学の入学試験に受かって、入学式に田舎から出て来た時の表情である。和服姿だったが、それが今でも忘れられない。田舎に帰る時、東京は厭な所やな、と言うていたのもよく憶えている。その厭な所に、私は今も住んでいるのである。私方の近所に根津神社があって、毎日そこの池の鯉に麩をやりに行くのが、今ではただ一つの楽しみである。私はこの次ぎ、もしもう一度この世に生まれて来るなら、こういう根津神社の鯉のような存在に生まれて来たい、と思うている。実に何の悩みも無さそうな姿なのである。

この頃、よく思うことは、七十歳になったら、も一度、四国へお遍路へ行きたいな、ということだけである。昔、一度泊めて貰ったことのある遍路宿に、も一度泊めて貰いたいな、ということだけである。あとはもう何の望みもない。前に行った時に各札所でご宝印を押して貰った白衣は、母が他界した時、亡骸に着せてやった。多分、極楽往生しただろう。併し、私と私の嫁はんにはそんなものを着せて呉れる人もいない。それでええ、と私は思うている。作家などという者は、極楽往生できない者だ、と私は思うている。死んだら、無に帰するだけである。そうなることは恐ろしいが、併しそれが私の唯一の願いである。皆んな、死んで行くのである。

今、この原稿を書いている最中、階下で嫁はんが飯を炊いている。それを喰うのが楽しみである。二人、黙って喰うのである。老人夫婦とは、そういうものだろう。楽しみと言えば、それ以外には何もない。味気ないな、と笑う人もいるだろうが、私はそれで一分満足している。

母逝きてなぜか安心冬椿　　長吉。

俳句と連句

俳句

洟水輯《いすいしゅう》

平成二十二年元旦　二句

沈丁花祖母の飾りし初かまど

初旅に死者の生家へ誘はれる

秋田　寺田光和氏

雪山や白寿の人が振り返る

うぐひすや赤坂宿に目が醒める

麦の秋筑紫平野を牛が行く

阿呆文士新茶を贈る下ごころ

臼屋の勝子

馬鹿犬に咬まれしをんな年の暮れ

平成二十三年元旦　二句

初ゆめや殺されさうな夢を見る

初空や黒い煙が立ち昇る

紅梅や一心不乱に爪なめる

春の雪故人の庭に猫の像

妻とまた他人《ひと》の悪口新茶かな

蕗の葉に小指突き刺し他人《ひと》呪ふ

朝ごとに鐘を撞きしを秋来たる

病院の窓の外より蟬の声

仲秋に喉《のみど》を鳴らす水の音

哀悼沖山秀子さん

亡くなりし女優を思ふ秋彼岸

お台場で柿喰ふをんな曇天下

秋冷や妻のつぶやき部屋に満つ

銀《ぎん》杏《なん》を拾ふ朝道寺参り

秋冷や妻が咳する茶の間かな

秋冷や首吊りありし村の中

秋冷や咳するをんな塀の外

病い上がりの母に

父の墓金木犀の匂ひ満つ

梨をもぐをんなの脇に猫の飛ぶ

男泣く二百十日の夜長かな

十五夜に亡き祖母想ふ男ゐて

芋蟲やをんなの嚔《くさめ》切りもなし

秋冷や地の果てまでも地虫声

隣家より男の声す竹の春

夜なべして夜汽車の音の消えて行く

秋冷や坂道登る下駄の音

野だいこや稲田一面死者騒ぐ

死者の声身に入《し》む我れに眠られず

秋遍路遠くの声と山かゞし

田舎家の天窓よりも秋の色

百舌鳥《もず》の啼く葬列の行く裏山に

凶作の野辺に温和な石地蔵

曼珠沙華北の国より死の便り

納屋深し死者の家にもつぐみ来る

秋すだれ阿呆の家にテレビ鳴る

罠仕掛け自分が落ちる無月かな

流星や好きな女と三の酉

古家にて切餅喰らふ鐘が鳴り

立冬や妻の白髪総毛立ち

耳飾りをんなに贈る横向いて

柿喰へば美人の色香より冴えて

平成二十四年元旦　二句

正月や亡き父想ふ晴れやかに

鏡餅なでし手先で眉なでる

春きざし神社の庭に梅咲かず

春の朝みにくきをなご横にをり

白魚やいやなをんなと喰らふ夜

蕗の薹《とう》出しやばりぢぢい背を向ける

糞たれて学校へ行く美人かな

血袋の生きてる祖母と雛納め

わが妻や大口開けて遅桜

下駄履いて国境またぐ春愁夜

花疲れ見知らぬをんな坊主刈り

猫の仔を蹴つて立ち去る乳母《めのと》かな

馬手《まて》突きに行きしをなごか頬に痣

亀鳴く夜をんなと共に後ろ指

春炬燵をんななじられ笑ひ出す

塩なめて桜餅喰ひ笑ひ出す

薔薇贈る背中向けての下心

衣替え出腹デスクの離婚かな

夏座敷大の字に寝る女かな

上総路の毛蟲を好む妹《いもと》かな

水無月や東《あづま》のをなご指落とす

鰯雲尻をからげてつばを吐く

かゝしより背の低いをんな道端に

平成二十五年元旦

初詣人を呪ひて帰り来る

二月十六日　母逝く　二句

母逝きて洟水すゝる寒の水

母逝きてなぜか安心冬椿

あぢさゐに小指に触れて死を思ふ

かりそめにをんなに触れて毛蟲喰ふ

寒卵貧乏ゆすりを味はへり

冬木立女をにらんで帰り来る

かなづちが卯波見てをり空暗し

衣替をなごのころもまとひけり

礼知らず水羊羹をなめてをり

黒南風が坊主頭に四国道

早乙女が田植えする朝銭落とす

平成二十七年元旦 二句

初空やお鳴《な》らし一つに口をなめ

初雀おしろい匂ふ妻の頬

寒椿今日も女から手紙来る

まばたきをする間に昔の女恋ふ

連句

七吟歌仙

蟲しぐれの巻

平成六年十月十四日、於東京駒込動坂町蟲息山房

蟲しぐれ坂を上れば宴かな　井上牙青

　忘れたきこと捨てる百舌鳴き　車谷長吉

月笑ふ子供二人が影踏みて　金子螢明

　狸いできて肩を組みたり　川嶋仁衛

遠来の友は名刺をたずさへし　西澤光鬼

　半島にあり歌の碑　前田富士男

ウ
鳥曇る魔手のかたちの定置網　高橋泣魚

盗人逃げる春飛行船　螢
土手の茶屋木ノ芽田楽取り落とし　長
繕ふ甲斐もなきシヤツを着て　牙
父親の浅きまなざし江戸切子　富
群青の水細腕に汲む　光
月を見る物干し台の沙翁の恋　仁
髷を落としてゆく負け角力　泣
児ら去りて壜の中なる蝗かな　長
身支度を解く漆黒の歌手　富
空深く花に縊れし思ひにて　光
ゆく春風と追ひつ追はれつ　牙

十一月二十五日　神楽坂　新潮クラブ

ナオ
鞦韆《ぶらんこ》をさらに高くと漕ぎしころ　泣

文をちぎりし神楽坂上　螢
牝の蝦蟇谷中の寺に息殺す　長
活計《たつき》は難しさもあらばあれ　牙
命なり自由自在に放屁して　光
鳥羽僧正も高笑ひする　仁
風狂のひと囲はれて山眠る　富
白洲正子のただならぬ目が　長
小《こ》面《おもて》の添え毛乱れて蛇《じゃ》の角に　螢
樹齢千年影向《やうがう》の松　泣
端《はし》居《ゐ》してトスカナにあり砂の月　富
天の川にぞ天使とびかふ　仁
救済《ナウ》はいづこに雨の八重垣町　光
朱の盆につむ豆の大福　富
切り炬燵私かに外す足袋の鉤《はぜ》　牙

炭焼小屋に土筆粥炊く　螢
妹は病み花見にゆかず添ひ寝する　長
くすぐつたきは仔猫の尻尾　泣

〈付記〉

「歌仙」とは芭蕉が完成させた三十六句形式の連句のこと。五・七・五の長句と七・七の短句を交互にくり返して作る。ＡＢＣと句がつづく場合、ＡＢ、ＢＣというふうに二句一連として読み、ストーリーは追わない。フィクションであってよい。付き過ぎず離れ過ぎずを基本的な作句態度とし、停滞を嫌い、変化を楽しみ、月花を愛で、豊かな小宇宙を共同でつくりあげる座の文芸である。

ものごとに表裏があるように、連句にも表裏がある。句の頭に小さく「ウ」とあるのは、初折裏、「ナオ」とあるのは名残の折（二の折）表、「ナウ」は名残の折裏の意味である。式目（決まりごと）は多々あるが、一人「宗匠」と呼ばれる捌き手がいれば、何とかなるもので、互いの個性を生かし合って楽しめると思う。

井上牙青（雅靖）氏、前田富士男氏は長吉の慶応義塾大学学生時代以来の友人。金子螢明（啓

明）氏は前田氏の後輩。西澤光鬼（光義）氏も前田氏の友人で、医学者。川嶋仁衛（眞仁郎）氏は新潮社の編集者だった。この方もいまは亡い。高橋泣魚（順子）は長吉の連れ合い。この歌仙は高橋順子著『連句のたのしみ』（新潮選書）に作例として使用するために巻かれた。

発句は客挨拶の座で、牙青氏は長吉命名の私どものあばら家「蟲息山房」にちなみ、当季の季語「蟲しぐれ」をもって上五に据えた。「宴」はこの歌仙の会のこと。

次の脇句は亭主が詠むことになっており、長吉は「忘れたきこと捨てる百舌鳴き」と詠んだ。蟲や百舌に負けないくらい囀って、憂さを忘れようではありませんか、と手ぐすね引いた挨拶を返した。意気軒昂だった。

おしまいから二番目の「花の座」は長吉で、この人のニヒリズムは、ない花や、ない月を詠みたがった。しかし「添ひ寝する」とは、ぬけぬけとした恋句である。（泣魚）

五吟半歌仙

冬麗の巻

平成六年十二月二十五日　於東京駒込動坂町蟲息山房

冬麗や黒き仔犬の伸び二つ　前田富士男
霜溶け庭に空壜の列　車谷長吉
山笑ふ縁側に老夫婦這ひ出て　穂積野良
かこち顔なる殿様蛙　高橋泣魚
ぞめきゆく朧月夜に傘を買ひ　西澤光鬼
異国の硬き路たしかめて　富
ウ　贋紳士ハンカチーフの刺を抜く　長
西太后の重い指先　野

血の色の酒など呑みて眠れかし　泣
　船酔ひのまま上る階段　光
闇に立つ菊人形の顔白し　野
　藍甕舐める職人の秋　長
聖務つぐ人と隣りて遠き月　富
　白河の町を風は素通り　光
髪に差すかざしもなくて関を越ゑ　泣
　衣重ねて春のあけぼの　野
恋女房花爛漫の年算ふ　長
　カンヴァスに描く頬豊かなり　富

〈付記〉　いっそ暮れになってしまえば、時間がとれるものと見えて、昼から集まり、夕方に散会した。穂積野良（晃子）さんは泣魚の友人で、ご近所に住む。長吉の句に「贋紳士」という特異なことばが出てくるが、この人の著作に「贋世捨人」などがあり、自他の仮面を引き剥がすことに無残な使命を感じているようだった。（泣魚）

六吟歌仙

医師くさめするの巻

平成九年三月二十二日　於東京牛籠尚歯舎

春雨や医師くさめする矢来坂　車谷長吉
　菜の花風に重たき瞼　西澤光鬼
海中《わたなか》の明るさを背に海女《あま》佇ちて　栗坪和子
　旅先の運貝殻に聴く　井上牙青
里芋を煮たる宴の月更けぬ　新藤凉魚
　十幾本も糸瓜《へちま》たれたる　高橋泣魚
ウ　行く秋や明治の墓石暮れ残り　光
　マッチ擦る手もをぼつかなくて　長

山眠る胸いっぱいに通ふ道　牙
　和泉式部の衣ずれの音　和
栗壺の帝《みかど》は車引き入れて　泣
　ひとむら匂ふ橙の花　凉
鴨川に夜投網《とあみ》する流れ月　長
　仁衛《じんべい》さんは血止草嚙む　和
秋の午後阿蘭陀《オランダ》の船着きにける　光
　本音と言ひて嘘をつくなり　凉
花吹雪大地の揺れを身に刻す　牙
　仔猫の鈴のりんりんと鳴る　泣
ナオ
春炬燵父系のいとこばかりなり　和
　死んだ子供の霊立ち迷ふ　長
籍を入れ喜び勇んで喧嘩する　凉
　朝こぼれ出る結石一つ　光

離らりよか八重歯かはゆき人ぢやもの　泣
　姑に聞き聞き新茶点て　牙
口まめな男衆《おとこし》犬に吠えられる　長
　文豪なれば和服で通す　泣
新米をほつほつ煮たる僧のあり　涼
　酔眼かすむ蟋蟀の翅　牙
明けてゆくサイゴンの月忘れかね　光
　ミカエル祭の過ぎし川岸　和
鷹《ナウ》匠は親子の鷹を従へて　泣
　冬はつとめて庭鳥淋し　長
茎《くく》立ちのはらむ思ひの微熱かな　牙
　遠き海かもかすみ棚引く　涼
大江戸の納戸町から花便り　和
　彼岸参りにたれと連れ立つ　光

〈付記〉

「尚歯舎」は西澤光鬼氏の別宅。栗坪和子さんは新潮社の校閲者。新藤涼魚（涼子）さんは詩人。発句の「医師」は光鬼氏その人。涼魚さんの「本音と言ひて嘘をつくなり」の面影は長吉だろう。だが他にも嘘ばっかりついていた小説家を知っているという。長吉は二年前から強迫神経症を発症して、病院に通っていた。この歌仙では覇気のない淋しい句を作った。「口まめな男衆犬に吠えられる」は長吉の自画像だろう。子どものころ犬に咬まれて以来、犬が苦手になったそうだ。

午後から始めて夜九時過ぎには全三十六句巻き上がった。（泣魚）

七吟歌仙

矢来小路の巻

平成九年六月十四日　於東京牛籠尚歯舎

紫陽花や矢来小路の石甃《いしだたみ》　栗坪和子

朝露のもと仔鹿群ら声　金子螢明

軒高く格子模様のシャツ吊りて　前田富士男

日の香をのせて立つ秋の風　西澤光鬼

十五夜に尺八さらふ異邦人　室伏章郎

いつまであとをひく落花生　高橋泣魚

横《ウ》を見て畳の塵を軽く吹く　車谷長吉

一枚板の欅の花台　和

初場所の化粧廻しもきらきらし　螢

　記号論などすぐ読みをさむ　富

マニキュアとマスカラで打つE－MAIL　光

　演舞場から嬌声のもれ　章

月の橋ゆかた着なれぬ二人連れ　泣

　手抜きはすれど手抜かりはなし　長

糠味噌の釘も錆びつく傾げ樽　螢

　涅槃西風《ねはんにし》来る坂の上より　和

誰も見えず終はりの花のひた積もる　光

　運河にありし画家四月馬鹿　富

ナオ　日曜日模型飛行機同好会　泣

　シャンペン抜いて口角に泡　章

売り忘れ青黴のふく蜜柑かな　長

　遺伝子憎し母子《ははこ》お受験　螢

地球儀をぐるぐるまはし夜の更けて　和
　つまさき立ちで帝王踊る　光
豊胸の案内嬢の歩み出で　富
　修道院の恋は已まざる　泣
半世紀戦禍の跡は影もなく　章
　墓場くずれて龍膽《りんだう》の咲く　長
御典医の株につまづき月笑ふ　螢
　寂聴源氏野分の巻成る　和
ナウ　ある程度碁を指すものの行き詰まり　長
　黒猫来たりまぢまぢと見る　泣
信用も威信も失せてビッグバン　章
　春雨は降りはてず消えなむ　光
方丈にひとり鋭き花の糸　富
　木霊《こだま》山越え鷽鳥《うそどり》の鳴く　螢

〈付記〉　室伏章郎氏は私の友人の知人。数年前亡くなられたという。この歌仙は最初から四句つづけて「場」（風景）の句で、停滞気味に始まった。「場」の句は三句までにとどめたほうがいいのだが、宗匠も未熟だった。五句目に「異邦人」が出て座が動きだした。長吉の句「横を見て畳の塵を軽く吹く」は前句の落花生の皮なのだろう。「横を見て」が散文的で可笑しい。微細なものにこだわり、人の見過ごすものをじっと見ている人だった。「売り忘れ青黴のふく蜜柑かな」も、長吉でなければ句にしなかっただろう。午後二時半から九時半まで。（泣魚）

六吟歌仙

菊作りの巻

平成九年八月十七日　於東京牛籠尚歯舎

細工町《さいくまち》人それぞれの菊作り　亀澤炉庵
　薄味に唐茄子のあべかは　西澤光鬼
夕野分稲穂の波を切り裂きて　井上牙青
　秋思の机を宮守《やもり》のよぎる　穂積野良
草深く月皓々とマッチ擦る　車谷長吉
　港々に猫の呼ぶ声　高橋泣魚
T《ゥ》シャツの胸に大きなしみ付けて　光
　物を干すには狭過ぎる部屋　炉

彗星の尾もくつきりと映りをり　　野
　聞き損なひし夏痩せの理由《わけ》　　牙
なりさうでならぬ恋仲留守電話　　泣
　忘れし名前因縁となる　　長
梨の実に歯の緩みたる齢《よはひ》かな　　炉
　ＮＡＳＡの月見るパソコンの夜　　光
虫の音に己が心の襞を読む　　牙
　薫の君はまたも泪す　　野
城趾《しろあと》は花ざかりにて我もごみ　　長
　蠅生《あ》るる時恋も生まるゝ　　泣
ナオ
ゆらぎ立つ美神のかげや春の貝　　光
　殺意抑へて桃の葉むしる　　長
外つ国の飛行機事故の名簿に見入る　　野
　摩訶般若波羅蜜初時雨　　炉

針箱を出して肌着をつくろへよ　泣
　抱く初孫の視線に惑ふ　牙
舌打ちし鼻をなでたる畜膿症　長
　しごいて折れば強《こは》き壁紙　光
公爵の住みたる家も売りに出て　炉
　白粉花は咲き乱れけり　野
月待ちてショパンの楽譜手に浜へ　牙
　うすばかげろふ後家になりたる　泣
ナウ
真綿打ち返す手の筋去年《こぞ》の雪　光
　目標かかげ習慣を変へ　牙
後悔はいつまでも来る春の酔ひ　長
　馬上少年の頬に風光る　炉
ゆきゆきて帰らざりけり花の国　泣
　鴉揚《からすあげ》羽《は》の森へ消え行く　野

〈付記〉　亀澤炉庵（廣嗣）氏は西澤氏の友人で歯科医師。

城趾は花ざかりにて我もごみ　長吉
蠅生るるとき恋も生まるゝ　泣魚

長吉の「我もごみ」という思いは、毛穴にしみ込んだように終生消えなかった。泣魚は、ごみの中から蠅も生まれれば、恋も生まれるのよ、と能天気にうたったのだが。

抱く初孫の視線に惑ふ　牙青
舌打ちし鼻をなでたる蓄膿症　長吉

長吉は劣性遺伝の病気に苦しめられた。歌仙では本音が出たりする。（泣魚）

四吟歌仙
霧しまくの巻

平成十年十月十七日　伊豆・海林天にて

霧しまく伊豆高原の海林天　高橋泣魚
　空に三日の晴れもなき秋　新藤涼魚
しめやかに月の光の鎮もりて　車谷長吉
　ひとさし舞の藍扇やむ　川口澄子
鎌を研ぐ祖父の肩から夕焼けぬ　涼
　青大将の梁に寝そべる　泣
ウ
ニンジンの泪ぬぐはむ掌《てのひら》に　澄
　座敷を駆ける庭鳥の群れ　長

伊勢参り木綿屋さんでシヤツを買ふ　涼
　蟲も眠るか蟬も眠るか　澄
地下街のカフエに貧しき椅子ありて　泣
　流星堕ちる寺町の裏　長
天竺か百済かと思う月の壺　澄
　花火はぜたる後の淋しさ　涼
霜の朝黒髪洗ふあでやかな　長
　逢い引きさ中に携帯電話　泣
肌ぬぎて花の刺青見せし女《ひと》　涼
　浮世のことも朧《おぼろ》となりぬ　泣
ナオ
この村も向うの村も春の色　長
　奈良通いには辛い坂道　澄
叱られてまからず屋まで徳利提げ　泣
　繕ふかひもなき頭陀袋　涼

金色《こんじき》の棺《かん》を守れる犬の目よ　澄
亡父《ちち》に見せたきこの晴れ姿　長
これやこの野牡丹を紋に賜ひたり　澄
庶民に嫁ぐ心知らばや　泣
男みな尻端折りして股火鉢　長
足をとられて転ぶ夢見た　涼
摩天楼月高々と上げにけり　泣
朱欒《ザボン》を運ぶ帆船の列　澄
ナウ
つい褒めて瓢《ふくべ》を磨くことになり　涼
いちかばちかの椿事焦がれる　長
かしこよりあなたまかせの風が吹き　泣
蝶も毛虫も生きねばならぬ　涼
花あれど花に背を向け写経する　長
障子明りて鳩の啼く声　澄

〈付記〉

「海林天」は新藤涼魚さんの伊豆高原の別荘。ここに二泊し、大君の古屋奎二氏にすき焼きをたらふく御馳走になる。川口澄子さんは筑摩書房の編集者だった。古屋氏も川口さんもいまは亡い。「霧しまく」は泣魚の造語で、伊豆高原の霧が風にはげしく渦を巻いている状態をいったつもりだが、川口さんから「存疑よ。雪しまく、とはいうけど」としきりに言われて、涼魚さんが「遊びなんだから」となだめる場面もあった。

涼魚さんの「肌ぬぎて花の刺青見せし女」の面影は長吉の直木賞受賞作『赤目四十八瀧心中未遂』のヒロイン、あやちゃん。あやちゃんは迦陵頻伽の刺青をしていた。長吉も「亡父に見せたきこの晴れ姿」と、気の張る人もいなければ友人たちもいない席で、臆面もない喜びよう。さすがにこの歌仙には長吉ワールドのにがみはなく、ただ滑稽な明るさがあった。「男みな尻端折りして股火鉢」長吉。（泣魚）

三吟歌仙
新舞子の巻

平成十七年五月十八日　於播州御津町新舞子ノ浜「潮里」

新舞子浜はろ〴〵と五月かな　高橋泣魚
　干潟を渡るはつなつの風　嵯峨山ろ堂
橋戻る女形のパンツずり落ちて　車谷長吉
　白鷺消ゆる青北風《あをぎた》の空　泣
涙目に錆びたる月を大原野　ろ
　やう〳〵寒し単身赴任　泣
ウ
大佛をふところに服み湊たれて　長

古墳に眠る人の身の上　ろ
耳飾りゆれて心も揺すらるゝ　泣
馬子に急かされ惜しむ別れか　ろ
蛤や口あけてゐる椀の中　長
朝も早よからつばめ参上　泣
久方の息子に蕗味噌食べさせて　ろ
夏のもちづき念佛聞こゆ　長
なんでまた大判小判があばら家に　泣
店に積みたる古き大津絵　ろ
石女の嘆きをよそに花吹雪　長
亀鳴く声の腹に沁みいる　泣

十月十三日　於播州夢前町塩田温泉「上山旅館」

煩悩《ナオ》も共に煮らるゝさゞゑかな　ろ

冷飯ざうりかゝと摺り切れ　長
向かうから猫が来たれど避《よ》けらるゝ　泣
薪背負ひて道を問ふ人　ろ
脅されて御堂さむ〴〵厄落し　長
真鯉緋鯉は天女のやうに　泣
池端にひねもす糸を垂したる　ろ
犬腹見せて色目をつかふ　長
をとこへしをみなへし咲く野に出でん　泣
凶作の田へ鳥舞ひ降り　長
貧乏は味はふものよ今日の月　ろ
まるい卓袱台とがつた家族　泣
母《ナウ》炬燵われは句会に出掛けゆく　長
下駄の鼻緒に歌のしみ込む　ろ
雨宿りして仇敵と鉢合せ　泣

昔馴染みの唐傘の文字　ろ
花守の夜昼なしにねむさうな　泣
蛇穴を出て人眉毛抜く　長

〈付記〉前回の歌仙から七年が経ってしまった。長吉は直木賞受賞以来身辺多忙だった。前々日も姫路市で講演があった。新舞子ノ浜は瀬戸内海に面した優美な風光の浜。嵯峨山ろ堂（敏）氏は真知子夫人とともに姫路市立飾磨高校で長吉の一年後輩に当たる。医師。発句に「五月」と月次《つきなみ》の「月」の字が出たのに、五句目でまた「月」を出してしまい、月の字五句去りの式目に障ってしまった。本来ならここは「十三夜」とか「いざよひ」とか月の異名を出すべきだった。このことは本稿を「三田文学」に発表した後、詩人の鈴木漠氏のご指摘を受けた。面目ありません。長吉の苦手な犬は、このたびは「犬腹見せて色目をつかふ」など擦り寄ってき、このころ彼は世界と和解できているようだった。（泣魚）

崩山・岩木山・栗駒山登攀九吟歌仙

青池の巻

平成十七年八月十一・十二日
於弘前市藤田記念庭園・黒石市青荷温泉

青池の青をまとひし山女魚《やまめ》かな　野家啓一
　一直線に来し蝉の声　菊池唯魚
林檎ひとつ海の背中にころがつて　水月りの
　いのしゝ喰らふ菓子屋の娘　車谷長吉
月よりもラムプの明《あか》き渓の宿　寺田光和
　宵越しの酒しみる喉もと　寺田和子
ウ
無能者《ならずもの》毒舌ばかり冴えわたり　高橋泣魚

北の国から来たるスパイか　寺田和夫

足の指臭ひ立つ日よ春深し　長吉

たんぽゝの花黄に咲く岬　光和

若きらが手を取り合ひてつばくらめ　和子

物干し台にステヽコ濡るゝ　泣魚

爺婆がたはむれ遊ぶ露天風呂　和夫

縞蛇泳ぐ雌を求めて　長吉

青柳の梢にかゝる朧月　和子

蛙《かはづ》三びき思案投げ首　泣魚

みちのくに花を探して惑ひ入り　和夫

弘前城の橋くゞる風　長吉

平成十八年六月二十四日　於仙台市国分町「うたげ」

ナオ　細道を逆に辿りて鮟鱇鍋　啓一

国分町に金色の猫　りの
招かれてむなしき縞の財布かな　泣魚
　銭がすべての世に背を向けて　長吉
六本木ヒルズ見上ぐる梅雨晴れ間　啓一
　改築急ぐくちなしの家　野家ひろこ

八月十日　於厳美渓茶店

何思ふ白き面《おもて》の十三夜　和夫
　つるりんだうは栗駒山に　和子
台風の逸れゆく空や海青し　光和
　三途の川で人魚姫泣く　長吉
眉上げて四月の歌をうたふべし　泣魚
　幼な馴染とふらこゝを漕ぐ　啓一
雪《ナウ》の果恋の便りをつゞる夕　和子

バックミラーに朝焼け映る　和夫
屋根からのつらゝは庭の土を刺す　光和
夢もみないで球根ねむり　泣魚
西行の花にゆかりの駐車場　啓一
地獄谷にも春の気配か　長吉

〈付記〉

夏は友人たちと東北の山々に登り、温泉宿で歌仙を巻くのが恒例となった。長吉はつねにドスのきいた声で狂言回しをつとめた。出句順に、野家啓一氏は哲学者で仙台在住。ひろこ（裕子）さんは夫人。盛岡の菊池唯魚（唯子）さん、仙台の水月りの（平塚陽美）さん、秋田の寺田和子さんは私の詩人仲間。寺田光和氏は和子さんの義父で当時九十二歳。和夫さんは和子さんの夫君。和気あいあいとした座の雰囲気に、長吉も毒牙を抜かれたようだった。寺田光和歌集『百寿』に収録。（泣魚）

地球一周航海三吟歌仙

赤道越ゆるの巻

二〇〇六年三月二十七〜四月七日
太平洋上「トパーズ号」〜東京・静岡

白き蝶赤道越ゆる真昼かな　車谷長吉
　三角波の崩れ下る春　新藤涼魚
縮れ毛の子と馬の仔の跳び出して　高橋泣魚
　シエスタの店を叩く旅びと　涼
月代や砂上の都市に塵一つ　泣
　露のかゝりて薬莢ひかる　涼
ゥ黍嵐遠い国から来たスパイ　泣

鬘《かつら》を取れば見違へる顔　涼
業深き女の影や後家ぶとり　長
　ケニアの牛は骨も尖りて　泣
スワヒリの言葉うれしきハクナマタータ《なんとかなるさ》　涼
　ジャンべたゝいて一日暮れた　泣
地下壕で鼠に出会ひぎやつと言ふ　涼
　蚊遣火いぶすころに薄月　泣
足くじき按摩鍼灸みな試し　涼
　春のあらしに大ぶねも揺れ　泣
世界蟲花爛漫に帰国する　長
　陽のあたる隅睡るふらこゝ　涼
日《ナオ》ェ嚙んで死ねとおかんに言はれたる　泣
　寝ころんで見るテレビのシーン　涼
隣室で南無阿弥陀佛となへけり　長

老いの恋路や灰となるまで　泣

かの人の筐《こばこ》に汲める言の葉ぞ　涼

枯草踏んで父を捜しに　長

潮吹いて夢の鯨が通りゆく　泣

廃船沈む峡湾を見た　涼

パタゴニア・フィヨルドを愛づわが魂は　長

ふるふるふるへ遊覧飛行　泣

洋上の月を肴に嫁いびり　涼

秋刀魚喰ひたし日本恋ほしも　長

ナウ　新涼のマダムときめく十字星　泣

魔除けの仮面見つめる祈り　長

八幡のお宮横切るグルメ猫　涼

強欲な人ブティックのぞく　長

隧道の向かうは花の乱れ咲き　涼

ひとめぐりして春暑き日々　泣

〈付記〉

　新藤涼魚さんと長吉・泣魚の三人は九十五日間の南回り地球一周航海に出た。長吉は一人で留守番をするのがいやさに付いてきたのである。この航海の顛末は『世界一周恐怖航海記』（文藝春秋）に書かれている。歌仙はあと四日で帰国というときになって始められ、帰国後熱海と東京でファックスを送り合って巻き上げた。なにしろ南方では季節感も何もなく、歌仙を巻く気がしなかった。長吉、涼魚、強烈な個性の応酬になるかと思われたが、意外と長吉はしおらしい句を作った。「パタゴニア・フィヨルドを愛づわが魂は」「秋刀魚喰ひたし日本恋ほしも」「魔除けの仮面見つめる祈り」。女二人は元気だったが、彼はくたくただったのかもしれない。（泣魚）

秋立つ日の巻

森吉山・秋田駒ヶ岳登攀八吟歌仙

平成十九年八月八日　於打当温泉マタギの湯

雨の中森吉山へ秋立つ日　車谷長吉
　花野の熊にひびかせよ鈴　高橋泣魚
三日月にハクサンシャジン波打ちて　菊池唯魚
　雪を踏みゆく樏《かんじき》のひと　寺田和子
トンネルを七つ抜ければ流し雛　水月りの
　菜の花畑に売れない詩人　野家啓一
ウ　蛸壺や蛸せぐくまる春の宵　長吉

詐欺師つかまる六時のニュース　泣魚
鳥の声青き湖水をつつみける　唯魚
河骨の花光る夕暮れ　和子
霧深きプラットフォームに龍子姫　りの
マタギの宿で蝗いためる　啓一
月迅し女ひとりの露天風呂　泣魚
乳の大きな婆ァも踊り　長吉
八郎の夢いきいきと日本海　和子
夕日追ひかけ子どもが走る　唯魚
花吹雪九十五歳の少年に　啓一
うらら〳〵としゃぼん玉吹く　りの
ナオ　そまの湯の窓覆ひたる芽吹きかな　寺田光和
谷の深きに雲わき出づる　寺田和夫

平成二十年八月十一日　於乳頭温泉郷・鶴の湯

嫉妬するわたしの心むら〳〵と　長吉
　自棄酒をして地酒地ビール　泣魚
夏惜しむソウル場末の焼肉屋　啓一
　青いインクで無心の手紙　唯魚
イタリアヘゲーテのやうに馬車を駆り　和子
　行方定めぬアルツハイマー　和夫
秋黴入《あきついり》天の岩戸に地震来る　りの
　駒ケ嶺に咲くミヤマリンドウ　光和
月よりの使者をたづねて鶴の湯へ　泣魚
　仙台の人衰へ知らで　長吉
ナウ
九十九《つづら》折りぶつかりさうでぶつからず　唯魚
　ストックホルムに寒卵抱く　啓一

湖に水切り遊び日暮れまで　和夫
昔ばなしに耳かたむける　和子
峰の花なだれ一面くれなゐに　光和
子猫夢みるゆりかごの中　りの

〈付記〉　雨が小止みになったので、登山決行。みな熊よけの鈴をリュックに付ける。「九十五歳の少年」とは寺田光和氏。長吉は煙草を吸いたさに、往きも帰りも寝台車。私は新幹線「こまち」で帰宅。翌日の朝早くチンチンという音がして長吉が帰ってきた。翌年長吉は仙台下車、野家氏の車に便乗させてもらって、時々煙草を吸い、秋田へ。夜十時歌仙巻き上がる。寺田光和歌集『百寿』に収録。（泣魚）

磐梯山・八甲田山・蔵王登攀九吟歌仙

老鶯の巻

平成二十一年八月十二日　於裏磐梯高原ホテル

磐梯の老鶯競ふ雨のなか　野家啓一
　すべりつゝ見る白き紫陽花　菊池唯魚
真善美だけではすまぬなりはひに　高橋泣魚
　秋の空見てかき氷喰ふ　車谷長吉
露天風呂月なき夜に傘さして　寺田和子
　梅雨明けぬまゝ完熟の桃　寺田和夫
猪《ウ》苗代駅に迷子の白虎隊　水月りの

黒煙上げて燃える城見き　寺田光和

平成二十二年八月十、十一日　於八甲田山　ホテル城ケ倉

再会の階段入道雲の中　りの
人妻の足結ぶ靴紐　啓一
抱かれてサイレンを聞き眠りをり　唯魚
息吐き登る八甲田山　光和
満ち足りぬ月を眺めし真剣師　和夫
鰯焼く火にしたゝる油　和子
秋の村巨乳の女黙り込む　長吉
いとしきものは雪虫のむれ　泣魚
飛花の中ロープウェイに宙吊りに　啓一
ほろにがく巻くわらびの新芽　唯魚
ナオ
波しづか鷗むれとぶ春の海　光和

年がいもなく高速飛ばし　和夫
恋の果て水沫となりし人魚姫　和子
君も塾かァ塩から女　長吉
草いきれちり紙のなき小説家　唯魚
大言壮語虚言悪たれ　泣魚
亀鳴くや天金の書を開くたび　啓一
老浦島に梅の香やさし　和子
春が来た春が来たとて歌う子等　光和
十六穀米じつくりと炊く　唯魚

平成二十三年八月八、九日　於蔵王温泉季の里

雨月の夜不意に足音近づきて　りの
しやがみ込みたる七夕の昼　長吉
秋《ナウ》風に押されて登る熊野岳　和子

山姥三人樹氷を愛でつ　　和夫
余震あり白寿の翁と地酒酌む　　啓一
行列つくり菓子パン二つ　　野家ひろこ
色うすく花をつけたる古木かな　　光和
天にも地にも春は来るなり　　泣魚

〈付記〉　三年がかりで巻き上げた歌仙。このときの登山と歌仙について長吉は本書のエッセイ（52ページ）で触れている。平成二十三年春の東日本大震災に被災した連衆もいた。ひろこさんの「行列つくり菓子パン二つ」は実体験にもとづくもの。互いに無事の再会を喜んだ。寺田光和歌集『百寿』に収録。（泣魚）

鞍掛山・男鹿真山・鳥海北麓登攀九吟半歌仙

鞍掛の巻

平成二十四年八月十一日-九月

鞍掛に翁立ちけり水引草　泣魚
　赤蜻蛉去り被る菅笠　長吉
月高し陰の容《かたち》が杵振りて　イサザ
　ヘッドライトに黒猫浮かぶ　和夫
酔ひざめの耳に木枯らし届く朝　和子
　こもれび揺らすジャズフェスティバル　ひろこ

ウ
セロ弾くや賢治分け入る狼《オイ》ノ森　啓一

縄文人と山並みを見る　唯魚
春の雪ウルトラマンと汽車に乗り　りの
二十五年十月十四日　於男鹿半島　ホテル帝水
入道崎に風は光りて　泣魚
死んだ婆　裏の畑で蒟蒻植う　長吉
二十六年八月十日　於鳥海山麓　フォレスタ鳥海
爺の愛でたる鳥海マリモ　啓一
一つづつ水面をすべる夜半の月　唯魚
天の川から腰掛の石　りの
をみなへしをとこへしどちたはぶれて　泣魚
きょうもきょうとて生きたくはないな　長吉
初花のしだるゝさきに光あり　和子

春風を受け　みちのくを駆る

和夫

〈付記〉

長吉が座した最後の連句。じつはこのときは宿で発句が出なかった。帰宅後長吉が「こんどは歌仙を巻かなくて淋しかったな」というので、二人で発句と脇を作って、文音をしようと寺田家に送った。発句の「翁」は寺田光和氏・百歳。イサザ（美和子）さんは和夫・和子夫妻の長女。おじいさまの光和氏の代詠。翌年、男鹿半島の「お山かけコース」下山のとき、長吉が動けなくなり、野家氏と私の二人がかりで下ろした。脳梗塞の後遺症か。明らかに異変が起きていた。人老いやすく、翌年は山麓を歩くことにした。長吉は「きょうもきょうとて生きたくはないな」という句を吐きだした。和子さんが「初花のしだるゝさきに光あり」と詠んで、お花を見てみなさい、いきいきと光っているわ、と応じたのだが。それでも秋田市内、千秋公園の蓮の花は喜んでいた。むかし「ぼくは蓮の花が好き」と書いた絵手紙をくれた。（泣魚）

対談と鼎談

対談◆玄侑宗久

文学で人は救われるのか

光の色が違って見えたほどの衝撃

車谷　玄侑さんはいま四十八歳だそうですけど、ご自分の過去を振り返ってみて、文学との最初の出会いというのはどういうものだったのですか。

玄侑　自分が何をして生きていったらいいのかということを、考え出す年頃がありますよね。中学生くらいですか。その頃からいわゆる文学作品をどんどん読むようになっていったと思います。

車谷　そうすると、生き方ということと文学が、しっかり結びついていたということですか。

玄侑　私はお寺に生まれましたから、自分の職業について考えるときも、常に坊さんになることの兼ね合いでした。ですからいつも宗教と文学がからんでいましたね。

車谷　最初に誰かの作品を読んで、衝撃を受けたわけではないのですか。

玄侑　車谷さんの本を読んでいると、衝撃的な出会いがたくさんありますね（笑）。

車谷　まあ、そのように書いてるだけかもしれない。

玄侑　私は衝撃というより、足場ができたような感じでしょうか。例えば北杜夫の『幽霊』『羽蟻のいる丘』を読んだときです。直接私を導いてくれるわけではないんですけど、足場が広がったような安堵をもらいました。車谷さんの受けたような衝撃は、なかなか想像しにくいんですが。

車谷　私は、十七歳の高等学校三年生のときに、初めて森鷗外を読みました。最初は『高瀬舟』、次に『阿部一族』、そして次に、夏目漱石の『こゝろ』。おそらく二日間ぐらいでその三つを読んだわけですけれども、読む前と後では、世界が変わっていました。障子から射しこんでくる光の色が全然違っていて、はっきり自分は別の人間になったという感じを持ちました。それを文章の上では「衝撃」と言ったんですけど。

玄侑　そういう世界が変わったという体験は、私にももちろんありますけど、禅の言葉であったり、哲学書のフレーズだったりして、それが文学との出会いと言えるかなあと思いますね。

ただ、一番人が変わるのは、「行」だといまは思っています。

車谷　私は、光の色が違って見えたときには、自分が救われたような感じを受けました。それ以前にも、中学のとき菊池寛の『恩讐の彼方に』や『十五少年漂流記』を読んではいたんですけど、ただ面白い物語を読んだというだけでした。私は先天性蓄膿症で、鼻だけで呼吸ができないんです。高等学校二年生のとき、手術を受けたのですが、失敗して死ぬまで治らないと病院で言われました。それで気持ちが落ち込んでいたときに、鷗外、漱石の作品を読むことによって救われたように思い、この二人におすがりして生きていこうと思ったわけです。高等学校三年生の五月か六月頃のことだったと思います。

玄侑　おすがりしてというのは、自分も書こうということとは違うんですね。

車谷　違います。時間がある限り、繰り返し鷗外、漱石の全集を読もうと思いました。

水俣病で目覚めた近代社会への違和感

玄侑　先天性蓄膿症ということで、ご自身の将来に暗雲を感じていたわけですか。

車谷　その頃の「将来」とは、大学に入ることで、べつに将来への不安はありませんでした。

大学を出たあとのことまでは全然考えてなかったですね。おふくろや親父は、弁護士か医者になってくれと言ってたんです。大学の法学部と文学部に受かったとき、親は法学部へ行って司法試験を受けてくれと言って、文学部の入学金を出してくれないんですよ。納付期限の十日目の朝になってやっと文学部でも仕方がないから金を出してやると。

玄侑 心がわりするんじゃないかと思って、九日目までは期待して待っていたわけですね。

車谷 ええ。私は、まだ小説を書きたいとは思ってなかったけれども、どうしても文学部へ行って鷗外、漱石さんにおすがりしたいという気持ちがあった。法学部へ行って、六法全書におすがりすることなんかできないと思っていましたから。

私は播州の田舎の百姓の倅に生まれて、自分の育った環境を非常に前近代的だと思っていましたから、慶応大学で四年間勉強することによって、近代人になりたいと思っていたんですね。

玄侑 漱石と鷗外もそれを後押しするわけでしょう。

車谷 そうそう。そして大学を卒業する頃には、だいたい近代人になれたと思って嬉しかったんです。それで日本橋の広告代理店へ勤め始めた。当初はそのことに何の矛盾も感じていなかったんですけれども、昭和四十三年頃、水俣病の患者さんが東京丸の内のチッソ——当時は新日本窒素肥料という会社ですけど——の前に来て抗議行動を始めたんですね。私は広告代理店で古河電工の仕事をやっていたので、よく丸の内へ行ってはその抗議行動の横を通るわけです。この人たちは何をやっているんだろうと思って、石牟礼道子の『苦海浄土』を読みました。これも劇的な出会いで、近代企業はこんなひどいことをしているのかと、天と地がひっくり返るぐらいびっくりしましたね。当時もいまも公害という言葉が使われますけど、これは産業害じゃないかと思いましたよ。公害という言葉は誤魔化しの言葉であって、実際は産業害なんです。

玄侑　もっと言えば人害ですよね。

車谷　人害ですね。そのときから少しずつ私は、自分が近代社会に生きていることに、違和感を覚えるようになりました。大学を出て二年目ぐらいの頃です。そして自分が近代人であることにも違和感をおぼえるようになりました。それ以前は、人からからかい半分に、「車谷さんはモダンボーイですね」なんて言われるとすごく嬉しかったんだけど、それから三十年ほど過ぎて、三島賞をいただいたときの記者会見で、ある新聞記者に「車谷さんは、モダンボーイじゃないような顔をしていますけど、実はモダンボーイですね」って言われたんですよ。そのときは屈辱を感じました。

玄侑　西行と出会ったのもその頃ですか。

車谷　広告代理店に入って二年目ぐらいだったと思います。広告代理店の仕事に尻が落ち着かなくなって、とにかくサラリーマンを辞めて何か他の生き方はないだろうかと毎日考えているときに、たまたま神田の古本屋で創元文庫の『西行法師全歌集』を買って読んだんです。そこで初めて「世捨て」という生き方があることを知りました。自分もできることなら世捨人になりたいと思ったけれど、それにはどうやら発心しなきゃいけない。しかし私は、発心の心を把むことができなかった。それで近代人であることに違和感を感じながら、世捨人にもなりきれない状態で、小説を書き始めたんです。今度は、できることなら鷗外、漱石のようになりたいとはっきり思いました。

ところが、ごはんを食べなくちゃならないじゃないですか。会社を辞めて小説一途にはなったんだけど、たちまち食い詰めて、三十歳で冬が来てもセーター一枚ないような貧乏になりました。当然アパートの部屋代も払えない。そこで播州飾磨の親の家へ逃げて帰ったら、おふくろが烈火のごとく怒りまして、一生旅館の下足番でもやれって言われたんです。おふくろはまさか本気にするとは思わなかったんでしょうけど、職業安定所へ行ったら、旅館の下足番の仕事があったんです。途中から料理場の下働きになったんですが、三十歳から三十八歳までの九年間は、ほとんど何も書きませんでした。

玄侑 私は、二十代の頃から、宗教をテーマに小説を書いていたわけですが、門の外から眺めていることしか書けなかったんです。たまたま私は門の内側で育ちましたけれど、門の内側で育ったって、何も見えていなかったんです。『贋世捨人』のなかで、車谷さんは妙心寺と大徳寺を訪ねておられますね。

車谷　本当は万福寺にも行きました。

玄侑　失礼な言い方かもしれませんが、私にしたら、あれは結局、外側からの眺めなんですね。水上勉さんの初期の作品にも同じことを感じますが。私は、宗教について書きたいと思いながら、修行もなにもしたことがなくて外側から書いていた二十代を振り返って、あのまま書き続けていなくてよかったと心から思っています。私は、坊さんになることは、書くことを辞めることだと思っていたんです。文学か宗教かという二者択一で悩んでいたわけです。ところがそうじゃないかもしれないというふうに思ったのが二十七歳のときで、そのとき初めて修行に行く決心がついたんですね。だから文学を諦めて修行に行ったわけではないんです。

ちょうどその頃、新人賞に応募して最終選考に残ったものが、たまたまある編集者の目にとまって、書き直して雑誌に掲載されることが決まっていたのに、直前に雑誌が潰れてしまったんですよ。これはすごいご縁だなと思いました。私は父に、二十七歳まで修行に行くのを待ってほしいと言っていたんです。その瀬戸際で、出版社が潰れるという、作りかけた家が突風で吹き飛ばされるようなことが起こって、むしろスカッとしたんですね。これはもうご縁だと思って、道場に行くことにしたんです。それが修行に行ったら、禅の世界が面白くて仕方がなくなって、もっと道場にいたいと思ったんですけれども、父が脳梗塞で倒れたんです。師匠ももうちょっと道場にいるよう勧めて下さったのですが、私は同じようなご縁を感じて、家に戻ることにしたんです。戻って来ると、今度はお寺の仕事が面白くて仕方がない。ですから十年ほどは全く小説を書いていないんです。それがたまたま、ふつふつと書きたくなってくるんですね。当然二十代に書いていたテーマと同じではあるんですけど、修行をくぐってきましたから全然違うものになっていると思います。いまは坊さんであるということがまずあって、坊さんがお経をあげたり、草をむしったりすることと同じ仕事の一つとして、小説を書いていると思っています。

車谷さんにとって、小説を書かなかった九年間というのは、苦しい時代でしたか。

贋?・の世捨て生活

車谷　小説を書くことは諦めてましたから。それに世俗的な意味での偉い人になるとかいうことは全然考えなかったから、楽だったですよ。いままで五十九年生きてきた中で、一番気持ちが楽に生きられたと思います。

玄侑 私も道場に行った後は、書きたいという気持ちを正直忘れてましたね。ほかに気になることがいっぱいあって忘れているという、あれは幸せな状態でしたね。

しかし、車谷さんが小説のなかで書かれているその時代は、苦しそうですけど。

車谷 おふくろや親父の願いを裏切ったという重荷はありました。「世捨て」の「世」というのは、世俗社会という意味ですよね。それを捨てて誰からも注目されないで料理場の下働きをやっていたということですね。

玄侑 そういう話をうかがうと、一瞬、禅的かと思うんですよ。我々の修行だって下足番であり料理番ですから、同じかなと思うんですけど、車谷さんの小説の中に出てくる下足番は怖いですよ。下足番になりきっている感じがしない。文士が下足番やってる感じです（笑）。

車谷 まあ好奇心旺盛な人間なんですよ。

玄侑 でも、ずっと料理番の下働きをしていたとして、それで幸福だったと思えますか。

車谷 幸福だったと思いますね。当時は、文学のことは自分の能力では無理だと思ってましたから。その頃は、中上健次が非常に活躍していて、彼は昭和二十一年生まれだから私より一つ歳下なんですけど、とても及ばないと思っていました。

玄侑　しかし、及ばないという思い方で諦めていたら、幸せではないですよね。

車谷　いや、それなりに世捨てを実践しているんだという心ひそかな誇りもあったんです。西行法師のように和歌を詠む力はないけれども、分相応に非僧非俗の生活を死ぬまで実践できればそれでいいと思ってた。だから強引に背中を押してくれる人たちが現われなかったら、そのまま今日まで来たと思いますね。

玄侑　臨済禅師という方がいらっしゃいますが、おそらく臨済禅師も下足番でも何でもやると思うんです。しかし、臨済禅師は下足番になりきるでしょう。すると、下足番をやっている「私」を書くということはあり得ないんですね。

車谷　そうか。私は贋下足番だったんだ（笑）。

玄侑　臨済禅師は完全になりきりますからね。それを通覧しているわけじゃないんです。無位の真人が見てるだろうと言うかもしれませんけど、無位の真人は物を書かないんですよ。そのことを車谷さんの小説のなかの下足番やら料理番に感じたんです。

車谷　確かにすべてなまくらであって、下足番にもなりきれなかったし、料理場の下働きにもなりきれなかったし、小説家にもなりきれないところがある。三十八歳のとき、文学の道を生きる覚悟を決めたんだけど、いま小説家になってよかったなあという気持ちは五十一パーセントで、ならなければよかったという気持ちが四十九パーセントですね。

玄侑　車谷さんは、やはり世を捨てちゃいけないんじゃないですか（笑）。世を捨てられない人だと思いますね。

車谷　だから贋世捨人なんですよ。

玄侑　西行も世を捨てきれていないですよね。高野山で出家したのだから、真言宗に属しているはずでしょう。ところが詠んでいる歌に表れているのは、ほとんど浄土宗の教えです。僧侶として真面目にやっているのかと思いますね（笑）。

車谷　修行中に山をおりて、京都から女を呼んで宴会をやったという歌がありますよ。

玄侑　やっぱり真面目にやってないんだなあ（笑）。

車谷　西行は発心してないんでしょう。仏の道に首まで浸かろうという気がない。出家した後も俗物的な心があって、藤原定家と藤原俊成に『新古今和歌集』を編纂せよという勅命がおりたという噂を聞いて、自分の歌を採用してほしいと出した手紙が、京都の冷泉家に残っています。

玄侑　彼にとっては、歌の道がもっとも価値あるものだったんでしょうね。

車谷　創元文庫の『西行法師全歌集』には、尾山篤二郎による西行の伝記がついていたんです。

西行は本名を佐藤義清という元武士で、経済的にはたいへん恵まれていて、堂々たる男振りで、いい奥さんと女の子がいて、武芸の達人だったようです。出家するなんの必然性もないのに、二十三歳で出家した。それが謎だと尾山さんは書いておられました。

玄侑 或る高貴な女性に失恋したのが原因ではないかとも言われていますね。

車谷 鳥羽天皇の中宮である待賢門院璋子ですね。

玄侑 西行の場合には、求道というより隠遁だと思います。私は、隠遁しちゃいかんと思うんですよ。隠遁は逃げじゃないですか。私はそれはしたくないと思っているんです。

車谷 私は、もし西行さんのように生きられるんだったら、それでもいいんだけどなあ。でも、あの人は実家にお金がいっぱいあったから、働かないで庵で桜眺めて暮らすことができたんですね。

玄侑 私はやはり、お釈迦様をどこかで強く意識しているわけです。お釈迦様は一貫して苦悩に向き合っていながら、人生は甘美だと最後に呟くわけですね。

車谷 この世は苦の世界だっておっしゃってますね。

玄侑 そこから出発しています。けれども最後は甘美に至るわけです。

車谷 それが坐禅の道だと思うんですね。甘美に至る一つの道程というものが。だから発心が必要なんですよ、坐禅をするには。私は遂に発心ができないまま今日まで来てしまいましたが。

人間の愚かさを書く

玄侑　先日、私小説作家廃業を宣言されましたが。

車谷　『飆風』を最後に、私小説を書くのは辞めました。みんな自分のことを書かれると嫌がるんですね。私の私小説は、半分ぐらい嘘なんだけど、ある程度は事実に基づいて書いてるから、書かれた人からいろいろ抗議とかお叱りを受けるんです。そのたびにまた人の心を傷つけたなあと思って、もう辞めようと思ったんです。

玄侑　私は、車谷さんが私小説を辞めたあと、どんなものを書かれるのかが、すごく楽しみなんですよ。だって私小説を書くのを辞めるというのは、たいへんなことでしょう。これまで心血を注いできたわけですから。

車谷　ありがとうございます（笑）。まあ日本の小説では、漱石、鷗外を除けば、いわゆる私小説作家が大学生の頃から好きだったんですね。だからその系列のものを全部と言っていいぐらい、借り出して読んでいました。嘉村礒多、上林暁、尾崎一雄、水上勉。それからトーマス・

マンの『ブッデンブローク家の人びと』を読みました。あれはマンが自分の家の歴史を書いてるんですね。それで私も父方と母方の二つの自分の家の歴史を、そこに生きた人々のことを書きたい、それだけ書ければ十分だという気持ちで出発したんです。

これからは、一つは新聞ダネ小説というのをやりたいんです。新聞にはいろいろな事件が載るわけですが、小説になりそうだなという直感が働いた記事を切り抜いておく。もう二十年分ぐらいの切り抜きが段ボールに一箱あります。小さな事件でも、実に不気味だなと思うのがありますよね。そういうのを五年なり十年経ってから書く。三島由紀夫や永井龍男が得意でしたね。三島由紀夫の『金閣寺』や永井龍男の『青梅雨』とか。

もう一つは聞き書き小説を書こうと思ってます。自分のことはもういいから、他人の一生を聞かせていただいて書く。

それから最近はほとんど書かれなくなったんだけど、森鷗外や幸田露伴が好きだった史伝小説を書きたい。森鷗外には『伊沢蘭軒』『北条霞亭』『澀江抽斎』といった作品がありますし、幸田露伴も『日本武尊』『頼朝』などを書いています。いわゆる歴史小説とか時代物じゃない、史伝小説というのをやりたいと思っています。

玄侑 それで何を目指されるんですか。

車谷　人間が人間であることの不気味さをテーマに書きたいわけです。

玄侑　不気味さを表現するために、書かれる人はたまらないじゃないですか。

車谷　だからその人のご了解を得られた場合にのみ書けるということですね。私は小説を書くとき、「神様、どうかこの愚かな人間どもを許してやってください、私も含めて」という気持ちでいます。

玄侑　それで愚かなところをわざわざ書く。

車谷　崇高なところを書いたって小説にならないでしょう。それはたとえば哲学者の和辻哲郎が書いています。和辻哲郎には「人間の崇高さとは何か」というテーマしかないんです。『日本精神史研究』も『風土』にしても、材料は違うんだけど、テーマは一つ。私は和辻さんと故郷が同じだけど、和辻さんが「人間の崇高さとは何か」を一生のテーマにされたのに対して、「人間の愚かさとは何か」をテーマにしました。『和辻哲郎全集』を読んで、反対の意味で大きな影響を受けたんですね。人間の愚かさについて書くことで大きな影響を受けたのは、夏目漱石の『吾輩は猫である』だと思います。猫の目から見たら、人間というのはなんと愚かなんだろうと。

玄侑　しかし、『吾輩は猫である』には、愚かさを眺めている微笑ましい感じがありませんか。

車谷　あります。そこが漱石さんと私との違いです。漱石さんには愛が溢れているわけ。私にはそれがない（笑）。

玄侑　私小説のなかでご自身のことを書かれているときには、冷徹な目を読者が感じたとき、それだけで感じ入るところがあったと思うんです。ご自分や身内に対して容赦ない見方をされてるわけですから。しかし、一たびその目が他人に向かったときどうなるのでしょう。それはとても怖いものになりますよね。これは太宰治が言ってることなんですけれど、ある意図を持って特定の人間に向けて小説を書けば、その人を救うこともできるし自殺に追いやることだってできる、と書いてるんですね。そのときに筆をどっちへ運ぶのかということは、やはりしっかり意識しないといけないと思っています。

車谷　私も筆は怖いものだと思います。ただ私は、小説家はみんな悪人か罪人だと思っていますから。

玄侑　車谷さんはさっき、鷗外、漱石を読んで衝撃を受けて自分が変わったとおっしゃいましたが、そういう作品を御自身も書きたいと思っているわけでしょう。

車谷　変わるということでは、読者の方が何か苦悩を背負っておられて、私の小説を読んで救われたというような気持ちを持ってくだされば、私にとって一番嬉しいですね。未知の読者の方から、私は車谷さんの小説を読ませてもらって救われました、という手紙をいただくことがあります。それが一番の喜びですね。

　私がひたすら文学に求めてきたのは救済ですね。「神様、どうかこの愚かな人間どもを許してやってください。とくにこんなことを書く私が一番愚かです、許してください」という気持ちです。ところが世の中の九割九分の人は自分のことを愚かだとは思ってないんです。だから他人のなかに愚かさを見つけて書くと、衝突したり抗議を受けたりするんですね。世の中の人は自分のことを偉いとか賢いと思いたいんです。私の親父がそうでした。『吃りの父が歌った軍歌』を書いたときに、親父はそれを読んで毎日、泣いていたそうです。親父は、私が子供のときから、おふくろが大根の尻尾を粗末にしたというような些細なことで、朝から晩まで小言をガミガミ言う人でした。おふくろは閉口してたけど、親父は物を大切にせよという、立派なことを言っているという意識だったらしいんですね。私は口に出しては言わないけれど、それを愚かなことだと思っていたわけです。それを『吃りの父が歌った軍歌』のなかで、親父は朝から晩までガミガミ小言を言う以外に能のない男だって書いたわけです。それで、大変なことを書いてくれた、とおふくろは私を責めるんだけど、私はいまでも、親父は小言を言う精力をほかに回してくれればよかったのにと思っています。とにかく一年三百六十五日、おふくろを怒鳴りつけるのを聞くのは耐え難い苦痛だったわけです。その後、親父は平成二年に気が狂って死にましたけども、あれから十何年経って、悪いことしたなあという気はありますね。

他人の世界を犯すのが小説家

玄侑　たとえば車谷さんはある書評で、村田喜代子さんのことを「鼻が大きい美人」と書かれたじゃないですか。「鼻が大きい」という部分がなかったら、村田さんも手放しであの書評を喜んだと思うんです。ところが私には、「鼻が大きい美人」という判断をし、そういう台詞を書く車谷さんが不気味に見えてしまう。村田さんよりずっと目立っている。

車谷　村田さんを傷つけたかなぁ。いまのいままで全然そんなこと思わなかったけど。

玄侑　傷つくというより、貼りつくように忘れられない文章になっていますね。私の本の書評を書いてくださったときも、「不敵な笑みを浮かべていた」というのが忘れられなくて、車谷さんの存在感がそこでグッと大きくなるんですね。そこで私は、怖い人だなと思うわけです。しかしどうも、わざとじゃないわけですよね。

車谷　いま玄侑さんに言われるまで、書評を書いたことも忘れていました。

玄侑　車谷さんは神様に向かって書くとおっしゃいますけど、私はその前に人に向かって書くべきだと思うんですね。たとえば村田さんの書評だったら、村田さんに向かって書くわけじゃないですか。
車谷　いや、そんなことはないのであって、それはやはり神様に向かって書いているんです。だから思ったことが書けるんです。神様は、私を罰することもあるとは思いますけれども。
玄侑　たとえば「鼻が大きい」ということを書かなくてもあの文章は成り立つわけですよね。
車谷　いや、そう言われて意識したんだけど、村田さんの書評を書く場合は、「鼻が大きい」と書かないと成立しないんですね。それによって、他人の世界の中へ村田さんが踏み込む力があるということを表現したいんだ。
玄侑　そこまで書けばいいのに。「鼻が大きい」ことの意味まで（笑）。
車谷　いや、それは、いま玄侑さんにご指摘いただいて、どういう意味で書いたんだろうと十五分ほど考えてみて、そういうことだなと思ったわけですね。
玄侑　あ、そういうことですか（笑）。
車谷　他人のなかへ踏み込む力がない人が書いた小説は、だいたい駄作ですね。しかし誰でも、自分の世界に他人が踏み込んで来ることを嫌がるんです。ところが、小説家の宿命として、他人の世界の中へ土足で踏み込まざるを得ないんですね。踏み込めないなら、小説を書くのは辞めたほうがいいんです。小説家になるということは悪人になることだし、極端に言えば他人を犯すことですね。

玄侑　そうならざるを得ない業を、小説家は背負っているとは思うんですけど、ただ私が、いま書くときに中心に置いているのは「祈り」なんです。もちろん他人を抉ることもあるとは思うんですが、それが祈りによって許されると思うんです。人工透析を二十年やっているまだ四十代の女性を主人公にして、『ピュア・スキャット』という作品を書いたことがあるんですけど、私はその作品を、その女性のために書いたんです。そしてその人が読んでくれて、自分の枢にはこれを入れてもらうって言ってくださったんですね。とっても嬉しくて、自分の祈りが通じたのかなと思いましたね。

車谷　玄侑さんは他者を救いたいわけですね。

玄侑　救いたいというより、なにか光るものを見たいんです。おそらくその人も見つけてない何かを。どんな愚かで悪なる装いをしていても、あるいは長いこと煤で汚れて見えなくても、なにか輝かしい善なるものが眠っている。その善なるものを書きたいわけです。禅の基本的な考え方の中に、六道を輪廻する我々だけれども、その底に真如と呼んでもいい、自性清浄心と呼んでもいい、仏性と呼んでもいい、善なるものがあるという基本的な「信」があるんです。私はそれを小説に入れたいと思っています。

車谷　いま反省すれば、私の場合は、『吃りの父が歌った軍歌』を書いたときに、親父を救いたいという気持ちはなかったなあ。親父も一生吃りで困ってたんですね。人と話すことが苦手で、友だちもいなかった。うちのおふくろはおしゃべりなんです。だから親父は自分の嫁はんに苦痛を感じてたと思いますね。でも、そういう親父を救ってあげようという気はなかったといま思いますね。

私が最初に抗議を受けたのは、『萬蔵の場合』を書いたときに、瓔子のモデルにした人からなのですが、私はこれを書くことによって、その人がある程度救われるんじゃないかと思って書いたんですね。だから抗議の電話が何回もかかってきて、「絶対許しません」と言われたとき、まず最初に意外な言葉を聞くなあと思ったんです。これは謝って一応おさまったんだけれども、抗議の電話を受けてる二、三ヵ月の間は、いつかどこかで刺されるんじゃないかという恐怖感を毎日持ってましたね。私は復讐されるようなことは書いていないんだけどなあとか、内心ではそう思っていたんですが。

玄侑　どのあたりで救ったという感じがあるんですか。かなり因業な女性に書かれていますよね。

車谷　だからその因業な女性を、神様の前に提出することによって、神様の許しを請うてるんです。

玄侑　それはその女性が自らやることであって、他人にされることではないのでは。

車谷　そうですね。だから怒ったんですね。

玄侑　結局、その神様の前に提出する手つきが問題なんじゃないですか。裁きという言葉では、たぶん考えてらっしゃらないと思いますけど、結局ジャッジしないと言葉にできないわけですから、裁いているわけですよ。その裁く手つきに車谷さんが表れているのだと思います。

車谷　私には裁きという概念は、頭の中にないなあ。罪と罰はいつも考えてるんだけど。私は、繰り返しになるけど、この愚かな罪深い人間どもを、どうか神様許してやってくださいという気持ちで、小説を書いてるんですね。その愚かで罪深い人間の一人として、作者である私も存在していますと。

玄侑　しかし、車谷さんの小説を読んで怒っている人たちのなかには、車谷さんに裁かれたと思って怒っている人もいるんじゃないですか。

車谷　そうかもしれないですね。でもそれほど傲慢な意識はないんです。

人間の崇高な姿の思い出

玄侑　私は、神に向かって書くという姿勢は大切だと思うんですが、それ以外にも箍《たが》があったほうがいいと思うんです。近代以降の文学には箍がなさすぎると思います。私は、もちろん神にも向かいますし、あの人を救いたいとか、あの人の人生がいい方向に変わってほしいという祈りを、自分に課しているんですね。そうした多少無茶な制約がないと、自分のなかから普段とは違うものは出てこないんです。

たとえばルネッサンスの時代には、芸術家にはスポンサーがいましたよね。スポンサーの要求に応じつつ、本当に書きたいものを書いたわけです。ミケランジェロでも、スポンサーを喜ばせつつ自分の表現したいものを追求している。スポンサーという制約が芸術の幅を広げていたと思うんです。ところが近代以降、なによりも「私」を表現することが重視されるようになりました。「私」なんて関係性のなかにしか存在しないわけですけども、強烈な制約としての関係性がないなかで、作品のなかで「私」が勝手に関係性を作っているんです。それが作品を痩せさせてしまってきたのではないかという思いがあるんですよ。

車谷　おっしゃるとおりだと思います。私は、近代小説最初の傑作はイギリスのジョージ・メレディスが書いた『エゴイスト』だと思っています。夏目漱石が『文学論』の中で一番影響を受けたと言っていますね。近代人はエゴイストですが、エゴイストの道を追求していけば、芸術は痩せますね。

玄侑　スペインの画家のヴェラスケスは集団肖像画をたくさん頼まれたらしいですけど、みんな「私」を中心に描いてくれって、袖の下を用意するわけです。それを全員満足させながら、描きたいものを描いたというんですね。人間の強欲さや因業さを知り抜いていて、それを真正面から否定するようなことはしなかったわけです。彼がそういう因業な人たちを変えられたかどうかはわかりませんが。人は共振した人の言うことしか聞かないわけです。観音様は、相手に共振する技術のエキスパートだと思いますけど、まず共振して、それから人を動かすんですね。車谷さんはもしかするとそれが嫌いで、そこにぶつけたいわけですよね。しかし、人は正面からぶつかられても聞く耳を持ちませんから。私は、そこをうまくくぐり抜けるものを書きたいんです。

車谷　今日、玄侑さんのお寺にやってきて、最初に接したものがこの座ぶとんです。座ぶとんが温めてあった。私はそれに救いを感じましたね。こういう経験は生まれて初めてです。だからどの程度可能なのかはわからないけれど、人を自分の懐へ包み込むことができれば、人を救うことは可能だと思います。

ところが近代人は、エゴイズムが骨の髄までしみ通っているので、なかなか他者を自分の懐に入れて温めてあげるということができないんですね。そのできないということを徹底的に書いているのが、ジョージ・メレディスの『エゴイスト』だと思いますし、あるいはトーマス・マンの『ブッデンブローク家の人びと』だと思います。ドストエフスキーは、『カラマーゾフの兄弟』に典型的に表れていますが、救済ということを絶えず頭の一方では考えていながら、人間の救われなさということを一方で考えていますね。『地下生活者の手記』は初期の作品ですが、救いがないんです。人間の救われなさを若い頃に思ったんでしょうね。それから救いがだんだん大きく心にのしかかってきたんだと思います。『カラマーゾフの兄弟』は未完の大作ですが、最後にどういう救済を用意していたんだろうと思います。

玄侑　私がドストエフスキーの作品で印象的だったのは、『未成年』の一場面で、酒場のカウンターに足が悪い人が座っていて、隣に座った人が「その足はどうした」って忌憚なく訊くんですね。その忌憚なく訊けるという背景にどんな考え方があるのかが、すごく気になってたんです。訊かれた足の悪い人がすごく感動するんです。私はそれが、足の悪い人の正直な気持ちだと思ったんです。道場に入ったときに、先輩で足が悪い方がいたんですよ。「どうされたんですか」って訊いたら、ちゃんと答えてくれて、これこれこういう事故に遭ったという話をしてくださったんです。そうしたらある先輩に呼び出されて「何てこと訊くんだ」と叱られたんです。でも、私は、誰がどう見ても気になることは、訊かないほうが失礼だと思ってましたから。

車谷　私が五十九年この世に生きてきて、一番崇高だと思ったのは、慶応義塾の文学部にいた時、夕方授業が終わると必ず三田の図書館に入って、閉館で追い出されるまでひたすら本を読む生活をしてたんですが、そこで必ず出会う人がいたんです。五十歳ぐらいで盲人なんですが、図書館の一番隅に毎日座って、奥さんが小さな声で本を読み上げているんです。図書館の司書の人に、どういう本を借り出して呼んでいるのか訊いたら、ローマ法の研究に関する本で、しかもほとんどがラテン語の本だと言うんです。私は三年間、いつもその人と反対側の隅に座って、負けないように毎日ドイツ語の辞書繰って、ドイツ語の本を読んでました。その夫婦を見ていて、崇高なものを、光が射してくるように感じました。その人に会う緊張感というか、救いのようなものを感じるためにも、授業が終わると毎日図書館へ行っていました。春休みなんかほとんど人がいないんだけど、その夫婦は必ず朝一番からいましたね。あの夫婦はその後どうされたか。卒業後は一回も会ったことがないんです。あれは忘れられない姿ですね。お名前も存じ上げませんが、いつも究極の救済というと、あの姿を思い浮かべます。人間の崇高さの極致だと思いますね。

玄侑　その二人の関係もすごいですね。普通それだけ相手に負担をかけることって、毎日は続けられないじゃないですか。そこまで奥さんに寄りかかれるというところがすごいですね。直接話をされたことはないんですか。

車谷　ないんです。図書館の人もプライバシーに関することなので、名前は教えてくれなかったんですね。人間のなかには、そういう崇高な感動を人に与える人もいらっしゃるということはわかりますね。

命の重さはみな同じ

玄侑　車谷さんの書かれたものを読んでいて感じるのは、人間と動物と植物を、同じ目線で見ようとしていることです。そうすると、殺生の弁解ができる人間に、一番辛く当たるわけですよね。

車谷　私は料理場の仕事が終わって、自分の部屋へ引き揚げると、毎晩、ボールペンで「般若心経」を写経してから寝ていました。

玄侑　そうしないと、落ちつかなかったんですか。

車谷　落ちつかなかったですね。最初は全然だったんだけど、三年ぐらい経って、罪悪感を感じるようになりました。たとえば生簀から上げて生きたまま鯛の鱗を掻くわけです。当然背びれを立てて怒りますよ。鯛の背びれは毒を持っていますから、刺されると指が紫に腫れあがるんです。殺されたくないんだなあということを感じるようになって、自分の罪深さに目覚めましたね。お釈迦様の教えでは、すべての生き物の命は平等だというふうに子供のときお寺で教わったのに、人間は罪深いなあと強く思うようになりましたね。客のほうも罪深いことをしてるんだという眼差しで見ていました。

玄侑　おそらく車谷さんには、人間の都合で勝手に殺されていく動物の思いや、枯らされていく植物の根が、入り込んでいるんでしょうね。だから人間を見る目が厳しくなる。私もいま個人的にとても興味を持っているのが、「山川草木悉皆成仏」とか、「一切の衆生ことごとくみな如来の智慧徳相を具有す」というように、お釈迦さまがおっしゃったことなんです。これにはちゃんと根拠があると思うんですよ。だから人間、動物、植物が、みな同じ如来の智慧と徳相を具有してるというのは、一体何を意味するのかということをつよく感じますね。

お釈迦様が農耕をしないのも、土の中にいる生き物を殺すからだというわけです。安居という期間を設けたのも、一番虫が盛んに動き出るときに歩くのは殺生だからということですよね。皮膚感覚に近いものとして、不殺生戒があったんでしょうね。

車谷　私の家は農家だったから牛を飼ってて、学校から帰ってくると、川へ牛を連れていってやるわけです。小川に足をつけてやって、藁でつくったたわしで体を洗ってやると、尻尾振って喜ぶんですね。やがて耕運機が来て、牛は売られていったんだけど、いまから思えば、その頃は僕の生活のなかで救いのあった時代だなあと思うなあ。

玄侑　お釈迦様は、殺されるところを見てしまった生き物は、食べてはいけないという決まりをつくった人なんですよ。これって、すごく大人だと思うんです。確かに殺したものを食べているわけですけど、人間の想像力はそんなにたいしたものじゃないから見ないことには想像できないという部分もあるじゃないですか。しかし、宮澤賢治はそれを欺瞞だと思ったわりです。『なめとこ山の熊』は、そういう意図で書かれていると思います。見てしまったものは食べてはいけないと言うけれど、みんなのために殺してる人たちはどうなんだと。『なめとこ山の熊』の小十郎も車谷さんも同じですね。賢治はしかし、最終的に、生活のために熊撃ちに来る小十郎を許しているんです。最後に熊たちみんなが取り囲んで見送るじゃないですか、死んでいく小十郎を。あれはやっぱり賢治の祈りですね。

車谷　宮澤賢治には祈りがありますね。ああいう文学ができればよかったんだけど、私にはできなかったね。

玄侑　これから始められるんじゃないですか。今日は山門のところの掲示板に、車谷さんの俳句を掲げておいたんですが、「白梅や　幹の虚ろを　なでさする」。これって、愛ある手つきそのものじゃないですか。私は車谷さんが、がらっと変わるかもしれないと期待しているんです。新作の「灘の男」では、何を書きたくてその素材を選んだんですか。

車谷　私としては珍しいことなんですけど、これはその人の持つ魂の崇高さだったですね。偽善というものが一かけらもない。濱田長蔵と濱中重太郎、大正・昭和の時代を死に物狂いで生き抜いた二人の男の魂に触れて、私は救われました。小説を書いて、自分が救われたと思うたのは、はじめての経験です。

玄侑　それは楽しみですね。どんな手つきで提出されるのか。勝手なこと言わせていただくと、私は「私小説」であることが問題だったんじゃないと、思ってるんです。要は手つきの問題じゃないですか。神さまに捧げる新しい手つき、楽しみにしています。今日は雪の東北までお出かけいただいて、本当にありがとうございました。

車谷　私も今日の座ぶとんの温もりは、一生忘れません。

玄侑宗久（げんゆう　そうきゅう）　小説家。一九五六年、福島県生まれ。臨済宗妙心寺派、福聚寺住職。二〇〇一年、『中陰の花』で第一二五回芥川賞受賞。他の著書に『水の舳先』『アブラクサスの祭』『光の山』など。

鼎談◆櫻井よしこ、谷垣禎一

われら敗戦の年生まれ

谷垣　今日は分野の違う三人が、昭和二十年生まれ代表ということで顔を合わせました。

櫻井　ほんとは私、来たくなかったんですけど（笑）。

車谷　昭和二十年に生まれた人の数は約百九十万人といわれております。十九年が二百二十七万人、ベビーブームの二十二年からは急に増えて、二百六十八万人、二百六十九万人なので、我々の少なさが際立っています。

櫻井　二十二年から二十四年に生まれた人たちがいわゆる団塊の世代ですね。私たちは母から、あなたが生まれたときは、敗戦直後の混乱期で、いろいろ苦労があったのよと聞きますが、皆さんいかがですか。

車谷　私は七月一日に兵庫県の姫路の南隣の飾磨《しかま》で生まれました。家は地主で、自作で農業もやっていました。生まれた翌々日三日の夜から姫路や飾磨へ大きな空襲があったんですね。姫路には川西航空機の工場があり、紫電改など海軍の飛行機を作っていたので狙われたんです。母は、出産したばかりで動けないので、祖母が生まれたばかりの私を懐に入れて、近所の田んぼの真ん中の闇の中で一晩中うずくまっていたそうです。家のあるところは、当然、焼夷弾や爆弾の標的になりますから。一晩中うずくまって夜が明けたら、家も焼け残っていて、母も元気だった。

谷垣 私は三月七日東京生まれです。父は農林省の役人をしていて、代々木八幡の借家に住んでいました。生まれた三日後の三月十日が下町を中心にした東京大空襲、そして五月二十五日が山の手への空襲でした。母の話では、父はその日は出張で家におらず、見ているうちにどんどん火が迫ってきて、母は腹掛けの〝どんぶり〟の中に二ヵ月の私を入れて、今のNHK放送センターの辺りにあった代々木の練兵場まで逃げて、タコ壺（一人用の塹壕）の中に隠れていた。そのうちに家が全部焼けてしまったそうです。

車谷 お互い生まれた時に一回死んだようなものですね。

櫻井 私はベトナムのハノイで生まれました。父が貿易の仕事をしていた関係でベトナムにいたんです。日本が降伏した後の十月二十六日生まれです。降伏後、引揚げのために、ハノイから百キロ離れた港町ハイフォンに集合するように指示されていたのですが、母が身重なため両親はハノイに残りました。母は野戦病院で産婆さんの役をしてくれた軍医さんに介助されながら、私を生んでくれました。

谷垣　外地は外地で大変だったでしょうね。

櫻井　母のお腹にいるとき危うく死ぬかもしれないことがあったんです。戦争末期、両親はハノイの三階建てのビルに住んでいたのですが、戦況が悪くなってきたとき、連合軍が踏み込んできたら、民間人といえども虜囚の辱めを受けてはいけないから、中庭の池めがけて飛び降りて死のうと言い合っていたそうです。で、ある時銃声が聞こえて、兵士の叫び声がした。両親は三階に駆け上がり、もしフランス軍が扉を蹴破って来たら自殺しようと身構えていたそうです。すると父が「待て、日本語だ」と。もしあの時外国の軍隊が来ていたら、両親は飛び降りて、私は生まれなかったかもしれない。

車谷　それは劇的ですね。私が同級生から聞いた話では、昭和二十年生まれは、畳の上じゃないところでお母さんが自力出産したケースが多いそうです。満州からの引揚げの船の中で産気づいて、朝鮮海峡の上で自力出産したとか、東京大空襲で東京の家が焼けて、軽井沢に疎開する途中の汽車の中で産気づいて、高崎駅の駅長室で駅長さんが産婆代わりになって自力出産したとか。これはフランソワーズ・サガンの翻訳をしている朝吹由紀子さんのことですが。彼女とは慶應で同級生なんです。

谷垣　ほんとうに、みんな間一髪のところで生まれていますね。

暮らしに残る戦争の影

櫻井　私の一家は引揚げ船で浦賀に上陸した後、どこも焼けてしまったので、父方の祖母の実家のある大分県竹田市に落ち着きました。当時は外地から引き揚げた人の住む引揚者住宅というのがあって、六軒長屋のいちばん端の小さい住宅でした。

車谷　姫路にも引揚者住宅がありました。国宝の姫路城の周りが皆住宅だった記憶がありますね。

谷垣　空襲で家が焼けた後、父の実家の京都の福知山に疎開し、あちこち転々として、少し落ち着いてから世田谷に住みつきました。いまの自衛隊中央病院から昭和女子大がある辺りが、昔の陸軍野砲連隊か騎兵連隊で、その兵舎がみんな引揚者住宅に変わっていましたね。土間みたいなところまで、相当たくさんの人が押し込められるように住んでいた。トイレも炊事場も共用でしたね。二十一年五月の「米よこせデモ」は世田谷の引揚者住宅から起こって、宮城まで押しかけていったんですね。

櫻井 私は子供だから何でも楽しかったけれど、大人はたいへんだったと思いますね。

谷垣 世田谷の小学校へ入ったのは昭和二十六年ですが、一年生のときは、午前組と午後組に分かれた二部授業だったんです。引揚者もあって子供の数が増えていたんだと思います。二年生になって新しい小学校が開校したら、普通の授業になりました。

車谷 飾磨小学校では、私の学年は一クラス三十二人で八クラスだったんです。それが、三年生になって、二十二年生まれの団塊の世代一期生が入って来ると、一クラスが七十人に増えて、一年十七組までできていた。増えた九クラス分、校庭にバラック校舎を作ったりして大変でした。

櫻井 そんなにたくさん。私はそんな記憶はないですね。大分県の田舎の小学校だからのんびりしていたのかしら。

車谷 おそらく兵隊さんが帰ってきて、子供をたくさん作って急に人数が増えたんだと思います。自分たちより九百人以上も多い一年生を見たときには、脅威に感じたのを覚えております。

櫻井 あと学校で憶えているのは、給食のときのおいしくない牛乳ですね。

谷垣　それ、脱脂粉乳でしょう。

櫻井　たぶんそうだと思います。残そうとすると、先生がじっと見ているから最後まで飲まなきゃいけない。

車谷　飲み物がついているだけいいですよ。飾磨では二年生のときから給食が始まりましたが、固いパンとたくあん二切れだけでした。

櫻井　それは変わった取り合わせですね。

車谷　赤ん坊の頃は母乳の代わりに山羊の乳を飲んで育ちましたので、牛乳はずいぶん遅くまで飲んでおりません。

櫻井　あと、鯨の肝油も出ませんでしたか。

車谷　カンユって何ですか？

谷垣　出ましたね。鯨の肝臓の油を砂糖でくるんだやつ。

車谷　それもなかったなあ。都会地とは違うんだなあ。

櫻井　砂糖だけなめて、中味を捨てようとすると先生が見ていた。

谷垣　私は脱脂粉乳も肝油もわりとおいしいと思いましたが。

櫻井　先生に気に入られたでしょうね（笑）。

車谷　戦争が終わっても家の庭には防空壕があって、芋やカボチャの保存食品を入れておいたんですね。それから、窓ガラスに障子紙を細く切ったものが×印の形に貼り付けてありました。昭和二十五年に朝鮮動乱が始まって、いつまた戦争になるかわからない、と親が考えていたようですね。どちらも昭和三十年頃まで残っていましたよ。

櫻井　空爆の振動で割れないように、ガラス紙を貼ったんですよね。

車谷　ええ。それから、戦前から床の間に飾っていた御真影も、昭和三十年頃までありました。昭和天皇と大正天皇、香淳皇后と貞明皇后の四人が写った写真ですね。飾る必要はなかったんですが、なんとなく、これをはずしたらお咎めがあるんじゃないか、と思っていたんですね。

谷垣　それはすごいなあ。うちは戦災に罹ったので、戦前をしのばせるようなものはありませんでした。食糧難の話はよく聞かされました。母から聞いた話ですが、昭和二十年の秋、疎開先では配給が松茸だったことがあるそうです。

櫻井　松茸⁉　たしかに丹波の松茸は有名ですけど。

谷垣　今だったら豪華なんでしょうけれど、母はあれほど悲しかったことはない、と言うんですね。松茸をもらっても何の腹の足しにもならない。お米の方がいい、と。

車谷　うちは地主で自作農でしたから、米や野菜は腐るほどありました。だからひもじい思いをしたことはありません。京都や大阪から食糧を求めた人がたくさん買い出しにやってきました。みんなお金がないから、指輪や骨董品を持ってきて、それを米と換えていくんですね。僕の祖母は十本の指に二十個の指輪をはめて見せびらかしておりました。

櫻井　恨みを買いそうですね（笑）。

谷垣　食べ物で苦労をしなかったのは羨ましい。

車谷　茶筒があって、それを逆さに振ると中から指輪がどっさり出てきたり（笑）。

櫻井　私の母も何度か田舎で作った闇米を売りに行ったことがあるそうですよ。義理の妹と二人で、人目につくと恥ずかしいから遠くまで行こうと、大分から船で下関の方まで行ったらしいです。

谷垣　そんなに遠くまで。

車谷　でも昭和二十二年の農地解放で土地を取られて、それから生活は苦しくなったんです。昭和三十年頃になると、神戸や大阪の骨董屋が田舎の農家を回って、買い出しで集めた骨董を買い取って歩いていた。そのとき全部売却してしまったと聞いています。

谷垣　米以外の食糧の統制は昭和二十七年まで続くんですね。父の実家は福知山の造り酒屋で、東京の父のもとへ一升瓶十本入りの箱で送られてくるんですが、運送屋のモラルが低かったのか、十本送ったはずなのに、七本くらいしか届かない。他は割れたというんです。ちょっと怪しい、誰かが飲んでいるんじゃないかと、母が言っていました。

進駐軍と傷痍軍人

谷垣　ものごころついた頃には、東京の街には進駐軍がいました。いわゆるＭＰとかＧＩが、ジープの前の風防ガラスを倒して颯爽と乗り回しているんですが、格好よかったなあ。よく、子供たちが進駐軍のＧＩに「ギブ・ミー・チョコレート」と言って群がる様子を映画やドラマでやっていますが、僕もやりました（笑）。友達はまだ舌が回らないから「しんちゅうぐん」と言えずに、「チントゥーグンのジープ来た」。チョコレートをもらって帰ると、父に「そんな情けないことするな」と言われました。

櫻井　大分にいた頃に母と二人で汽車に座っていると、途中の駅から米兵がたくさん乗ってきました。すると車掌さんが、「危ないからこっちへ来なさい」と言って、デッキに連れて行かれました。ドアのない外から風がびゅーびゅー吹きすぎるデッキに、母は私を抱きかかえて座っていました。アメリカ兵は恐いんだと思った記憶があります。

車谷　飾磨では進駐軍はみなかったですね。僕が強烈な思い出として記憶に残っているのは、傷痍軍人さんです。姫路駅前の闇市に行くと、片手や片足のない人が、白い装束を着て、アコーディオンを鳴らして、弁当箱を前に置いてお金を乞うていた。恐ろしかったです。

谷垣　決まって白い装束でしたね。

車谷　姫路の陸軍病院に見舞いに行ったら、みんなあの白い寝巻きみたいなものを着ていました。

谷垣　どこの家でも身近に戦地から帰ってきた兵隊がいましたね。私の親族にも軍人はたくさんいました。祖父は帰国後病気で死んでしまいましたが、診断書を見ると、結核とアメーバ赤痢とマラリアなんです。ラバウルで病気にかかってきた。

櫻井　あの頃は結核がまだ恐ろしい病気でしたね。私は子供のときに肺門リンパ腺炎という結核の一歩手前の病気になって三年間病院に通いました。三角形の紙に包まれた苦い薬が苦手で、飲む振りして捨てたりして、兄に叱られました。

谷垣　父は結核で喀血して、一年間入院したことがありました。私も肺門リンパ腺炎はやりました。

車谷　私の父も結核でした。大正四年生まれで陸軍の兵隊になったんですが、結核を発病して三田の陸軍病院に収容されて除隊になった。それで昭和十九年に日本にいたので、私を母親の腹の中に仕込むことができたわけです。結核のお蔭で私がこの世にあるともいえる。

谷垣　戦後の一区切りという記憶では、昭和二十六年九月、日の丸の旗が一面トップに大きく載っている新聞を父が私に見せて、「よく見ろ、日本は今日からまた独立したんだ」と重々しく言ったんです。そのことはよく覚えています。

櫻井　サンフランシスコ講和会議のことですね。

車谷　私の父は昭和二十八年の三月にスターリン死亡の記事を見て、「スターリンが死んだッ、死んだッ」と非常に喜んでいました。遺体が横たわっている写真をよく覚えていますよ。

谷垣　でも当時私が取っていた子供向け雑誌では、スターリンというのは実に偉い人で、ソ連では人民みんなに愛されていて、タクシーの運転手まで涙を流して泣いたという追悼記事をやっていた。父にそのことを言ったら、「ヘヘン」と鼻で笑っていました。

櫻井　よく覚えているのは社会党の力が強かったことですね。鈴木茂三郎委員長が人気があった。

車谷　ラジオから流れてきた声が、印象に残っております。

櫻井　うちは父は保守、母はどちらかというと社会党で、意見が違っていましたが、選挙のときは父が母に「ちゃんと投票するように」と言い聞かせていました。

谷垣　女性の参政権が二十一年四月の衆議院選挙から認められましたからね。鈴木茂三郎は世田谷に住んでいまして、同じ選挙区から鈴木さんの他に当時の農林大臣の広川弘禅さんも出ていた。私の父・谷垣専一は後に自民党の代議士になるんですが、投票について行ったとき、父が自分の勤務先の大臣だから当然広川と書くのかと思っていたら、鈴木茂三郎と書いたのでびっくりしたことがある。

櫻井　あと、二十五年六月に朝鮮動乱がはじまって、八月に警察予備隊ができたとき、近所の若い人たちが警察予備隊に入ったのを覚えてます。

車谷　姫路には陸軍歩兵三十九連隊というのがありまして、その建物が残っていて、それがそのまま警察予備隊の宿舎になっていました。予備隊の人たちが道を行軍するわけですが、見ていた祖母が「鎮台さんだよ」と言いました。

櫻井　二十七年に警察予備隊から保安隊に変わったのもよく覚えています。大人たちが、日本は軍を持たないはずなのに、すぐ持つようになった、これでいいのかなどと話していたのをたぶん聞いたんだと思います。

谷垣　よく「逆コース」という言葉が使われていましたね。

子供たちのヒーロー

櫻井　明るい話題として印象に残っているのは、二十四年の湯川秀樹博士のノーベル賞受賞ですね。とにかく偉い学者だと、母から何度も聞かされました。

谷垣　僕は「フジヤマのトビウオ」古橋広之進ですね。二十四年の全米水上選手権で世界新記録を出したんですよね。

車谷　白井義男さんが日本で初めてボクシングの世界チャンピオンになったとき（二十七年）も喜んだなあ。

櫻井　この三人は国民的英雄でしたね。同い歳のスターといったら松島トモ子さんでしたね。いまのそんじょそこらのスターが追いつかないくらいの大スターでしょ。

車谷　映画『鞍馬天狗』の杉作少年役で出てましたよね。

櫻井　あと『母を尋ねて幾山河』とか母恋ものによく出ていた。目がクリッとして可愛くて。実はね、私、生涯ただ一通のファンレターを書いたのが松島トモ子ちゃん（笑）。大分から書きました。

谷垣　そんなことがあったんですか。彼女は昭和二十年生まれの中でいちばんはじめに有名になった人ですね。

車谷　私は少女スターでは美空ひばりさんが好きでした。

谷垣　力道山はテレビで見ましたよ。家にはテレビがないから、友達と近くのそば屋に見に行きました。

車谷　うちがテレビを買ったのは、ずっと後。いまの天皇皇后のご成婚のとき（三十四年）ですね。

谷垣　男の子に人気があったのは嵐寛寿郎だったなあ。

櫻井　ラジオの『赤銅鈴之助』や『笛吹童子』は聞いていらした？

谷垣　聞きましたよ。『新諸国物語』とかも。朗読の時間があって、徳川夢声や七尾伶子が『西遊記』とかやっていた。

櫻井　昭和三十五年に六〇年安保や三池争議や浅沼稲次郎暗殺など大きな出来事がありました。私たちは高校生になるかならないかの、多感な時期でしたね。

車谷　浅沼暗殺のときは中学三年生でした。高等学校の入学試験を控えてこれからどういう人生を生きていこうかということに直面する時期に、強烈な生き方のモデルを見せられた気がしました。私の学校では山口二矢が英雄でしたね。あのように生きて、あのように死にたいと強く思いました。

櫻井　そうかしら。私はその頃、新潟の長岡に引っ越ししていたんですけれど、そこでは逆に浅沼さんが英雄でした。クラスの男の子たちも浅沼さんを追悼しようという話をしていました。

谷垣　私は東京の麻布高校の一年生でしたが、六〇年安保の熱気が残って、左翼的雰囲気がありましたね。テロなんかとんでもないというのが、学校の雰囲気でした。一方、その年十一月の総選挙で親父が自民党から立候補することになっていて、これは社会党に同情票が集まって、選挙にはマイナスじゃないかな、なんてことも考えていました。

車谷　昭和二十年生まれの政治家って谷垣さん以外ではどんな人がいます？

谷垣　中曽根弘文さん、白川勝彦さん、太田誠一さん、平沢勝栄さん、公明党の浜四津敏子さん……なんてところでしょうか。

櫻井　小泉純一郎総理は昭和十七年生まれなんですね。

車谷　民主党の小沢一郎さんも十七年ですね。二人は慶應で同級生でしたね。当時から「イッちゃん、ジュンちゃん」って有名でした。

櫻井　ちなみに二十一年生まれに民主党の菅直人前代表、団塊の世代の政治家は自民党の塩崎恭久さん（二十五年生）や民主党の鳩山由紀夫さん（二十二年生）など意外と少ないんですね。後はもっと下の世代の安倍晋三自民党幹事長代理（二十九年生）や、民主党の岡田克也代表（二十八年生）になるんですね。

車谷　谷垣さん、二十年生まれ代表としてぜひ総理を目指してよ（笑）。

谷垣　ハハハ……。

櫻井　官界では、首相補佐官だった岡本行夫さんや、谷垣さんと仕事をなさっていた林正和元財務事務次官がいますね。

車谷　でも、なんといっても女優さんが多いですね。吉永小百合さん、富司純子さん、栗原小巻さん、宮本信子さん、さきほどの松島トモ子さん……。

谷垣　歌手の青江三奈さん（故人）や尾崎紀世彦さんや、水前寺清子さん、司会者ではタモリさんもいる。芸能界はほんとに多彩ですね。

車谷　私は大学入学のため東京へ出てきて、最初に代々木八幡の近くに下宿したんですが、そのバス停で毎朝といっていいほど吉永小百合さんと会ったんですよ。それで同じバスで渋谷駅まで出て、あの人は早稲田大学だから山手線で高田馬場方向へ行って、僕は慶應だから東横線で日吉へ向かうんで、そこで別れ別れ。

櫻井　お知り合いにおなりにならなかったの？

車谷 いや、ポーッとして眺めているだけで……お声をかけるなんてとんでもない（笑）。

谷垣 スポーツでは……巨人の高田繁さんがいますね。彼はいまでも写真で見ると若々しいですよね。

櫻井 日本人として初めてアメリカのメジャー大会を制したゴルフの樋口久子さんもいます。こうしてみると、個性的な方が多いという気がしますね。

そして還暦を迎えて

車谷 我々もサラリーマンをやっていたら、今年で定年ですね。

櫻井 早いわねえ。

車谷 この間、東大を出て会社勤めをしていた友人が訪ねてきて、「作家と天皇陛下は定年がなくていいなあ。俺はこれから定年だ」と言うんですよ。だから「これから収入がなくなって、年金もどうなるかわからないから、貧乏が好きになる以外に道はないよ」とおどかしました。すると「貧乏はいやだ」というんです。戦後の日本は富国強兵に代わって、「富国強金」でやってきて、みんな「強金」に慣れちゃった。貧乏に戻るのは難しいんじゃないかと僕は思いますね。

櫻井　でも、私たちが生まれた頃の貧しさは、きちんと記憶の中に残っていると思うんですよ。私は引揚者住宅の六軒長屋で共同井戸を使うような場所で育ちましたけれど、ぜんぜん暗くなかったし、またそこへ戻っても平気です。

谷垣　昭和四十八年のオイルショックで石油がなくなって日本経済が崩壊するんじゃないかという危機感があった頃は友人たちと、子供のころに戻ると思えばいいんだよ、と言い合ってました。しかし現在みたいに例えばウォシュレットに慣れた状態から、急にくみ取り便所に戻れと言われても戸惑いますね。

櫻井　「貧乏」と言わずに「簡素な生活」に戻ると考えればいいですね。これって政治家みたいに口当たりのいい言葉かしら（笑）。

車谷　会社を離れるとお金と同時に生き甲斐も失うんですね。彼が「車谷さんの生き甲斐は何ですか」と聞くから「僕の生き甲斐は、メダカに毎朝餌をやることだ」と申し上げたら「そんなの生き甲斐にならないなあ」と困っていた。

谷垣　最近、我々の世代でボランティアをする人がいますね。地域の活動に参加したり。へえ、お前そんなことやっているのかと感心することがあります。

車谷　私の友人にも、両親が共働きなどの児童のための区立の学堂保育の施設で、子供の相手をしている女性がいます。子供の話を聞いていると家庭の事情が全部わかっちゃう、それを小説に書け書けと言ってくる（笑）。

櫻井　昭和二十年生まれは、社会の端境期を生きてきたと思うんです。親たちの世代は明治の終わりから大正の初めに生まれた、日本人の良質な部分を持った人たちです。彼らが困難な状況の中で覚悟を決めて私たちを生んでくれた。だから、親たちから、国家や社会という「公」が大切だという観念を半分くらい教えられている。だからあまりにも自由になってしまった現在の日本に対して、何とかしなきゃいけないという意識がどこかにあって、ボランティアにつながるんじゃないかしら。

谷垣　そこが団塊の世代とは違うところですね。私たちが学校で習ったのは、典型的な日教組主導の戦後教育なんです。でも、戦後民主主義的な価値観をインプットされながら、親や周りの人が持っていた戦前的な価値観も体の中に根づよくあるという、微妙なところがありますよね。友だちの家などに行くと皇国史観の本があったり、近所の人の話を聞いたりして、矛盾を感じながら育った微妙な世代だと思います。団塊の世代になると、その微妙さがなくなって、額面どおりに戦後教育を受け入れているんじゃないでしょうか。その分彼らはドライだと思うんですよ。

車谷　昭和二十年生まれは、戦争でいっぺん死んだようなところから生まれてきた強さを持っていると思いますが、戦後六十年の間に、何のために死ねるかという「死に甲斐」を喪失してしまったと思うなあ。

櫻井よしこ（さくらい　よしこ）　ジャーナリスト、ニュースキャスター。一九四五年、ベトナム・ハノイ生まれ。一九九五年、『エイズ犯罪　血友病患者の悲劇』で第26回大宅壮一ノンフィクション賞受賞。

谷垣禎一（たにがき　さだかず）　衆議院議員。一九四五年生。一九八三年から連続十二回当選（京都5区）。内閣では法務・国交・財務大臣等を歴任、自民党では総裁・政調会長等を務める。現在自民党幹事長。

鼎談◆坪内祐三、坂本忠雄

小説を生かす虚点と実点――永井龍男「青梅雨」「秋」

坂本　今回は講談社文芸文庫版『一個・秋その他』に所収されている作品を中心に、永井龍男についていろいろと話していきたいと思います。ゲストには、永年にわたって永井作品を愛読され、また先頃『新潮』二月号（二〇〇五年）で「凡庸な私小説作家廃業宣言」を書かれた車谷長吉さんを迎えました。ところで、永井さんが亡くなった翌一九九一年、『最後の鎌倉文士永井龍男追悼号』が『別冊かまくら春秋』で刊行されています。私は昔、鎌倉文士とよく付き合いましたが、永井さんはその通り「最後の鎌倉文士」でしたね。

車谷　私もこの追悼号は持っていて、全部読んでいます。

坂本　「鎌倉文士」は今はもう死語になっていますが、鎌倉文士で最後に残ったのが永井さんです。永井さんが亡くなり、いわゆる文壇史的な鎌倉文士はいなくなってしまった。

車谷　あともう一人、江藤淳さんがいましたが。

坂本　江藤さんも最後の鎌倉文士と言っていいのかもしれないけれど、他の人たちとは年が離れ過ぎていました。私は鎌倉文士と随分つき合ったけれど、やはり朝、出かけるときには襟をキュッと正して、背筋を伸ばしていかないと怖かった（笑）。鎌倉文士は群れていなくて、それぞれ一人ずつ会うたびに、非常に緊張しましたね。

車谷　昔の鎌倉文士の人たちには、いわゆる切磋琢磨がありましたよ。評論家の中村光夫さんは小説も書いていたけれど、文士の集まりの会で出来が悪いと、林房雄さんは「正座しろ」と言うて正座させて、ガーンと殴ったという。そうすると倒れるのだけれど、「起きろ」とまたガーンと殴る。そういうのが三時間ぐらい続いたらしいです。

坪内　永井さんがもう七十歳を過ぎてから、短編が勢ぞろいする『新潮』正月号に発表した作品を、小林秀雄が出来が悪いと責めたという話もあります。もう七十歳過ぎている同士なのに、しごいたという。

坂本　直接、永井さんから聞きました。正月に里見弴さんの家でいわゆる鎌倉文士たちの新年会があったんですが、小林さんと酒を飲んで、永井さんは絡まれてしまったという。「お前さん、まだ短編小説を書けないのか」「おれが短編の書き方教えてやろうか」と怒られたそうです。

それから永井さんは厠《かわや》に行ったんですが、いつまでたっても尿が出ない。次第に気分が悪くなり、帰ってしまったそうです。

坪内　その作品というのは、「一個・秋その他」所収の「粗朶《そだ》の海」なのでしょうか。『新潮』昭和五十一年一月号発表の作品ですが。

坂本　特定できませんが、年代的にみてもまず間違いないでしょう。

車谷　「粗朶の海」は、永井さんとしてはあまり出来がよくないです。

坂本　まず車谷さんにお聞きしたいんだけれど、車谷さんは「文士の魂」で永井さんの「青梅雨」に出会って、文章を書いてみようかと思ったと書いている。どういう経緯で永井さんの「青梅雨」を読み、どう思ったのかを改めて話してください。

車谷　私が永井龍男という名前を初めて聞いたのは、大学の二年生、三年生、四年生の三年間に受講した、江藤淳さんの「文学史に関するノート」でした。この講義は後に文藝春秋から「近代以前」という本になりましたが、ある日、上田秋成の講義をなさっていて、突然永井龍男の話を始められたのです。永井龍男に「一個」という作品がある。この中で、横須賀線の隣の車両に父親に抱かれた赤ん坊が見え、赤ん坊が一生懸命吊り手をつかもうとするのだけれど、つかめない。それが上田秋成の「雨月物語」の味わいと、非常によく似ているという話をされた。

私はその時に、永井龍男の名前を初めて聞いた。江藤さんに、「諸君、これは傑作だからぜひ読むように」と言われたのです。大学卒業後、私は東京・日本橋の広告代理店にいたのですが、大久保駅へ仕事で行きました。その帰りに大久保駅近所の新刊書店に入ったとき、「青梅雨」という新潮文庫本が目に入ったんですね。ページをめくったら、「一個」も含まれていました。それで、この本を買うて、会社へ帰る電車の中で、初めて永井さんの文章を読みました。

坪内 「一個」を電車の中で読んだというのは、すごいですね。

車谷 まさに横須賀線の電車の中での話だけれども、私も電車で会社へ戻るその時に、サラリーマン生活というのはつまらないなと思いました。会社員というのは飯を食うていくための生活で、もっと別に目標を持って生きて行きたいなと思うた。永井さんのような文章を一生に一遍でいいから書ければいいなと思うたのが、二十二歳で学校を出て二年目、だから二十三歳か二十四歳の頃ですね。それで、二十五歳のときに「田舎の葬殮《そうれん》準備」という小説を仲間内の文集のために書きました。結局、原稿が集まらず、その文集は出なかったのですが。

坂本 「田舎の葬殮準備」を改題した「なんまんだあ絵」は第四回新潮新人賞候補作として『新潮』昭和四十七年三月号に掲載されていますが、選考委員に永井さんもいたんですね。

車谷 永井さんは、これではだめだとありましたが、それでも有難かった。

坂本　「選評」に長いと書いていましたね。でも、認めていた。

車谷　永井さんは枚数のことは具体的に書いていませんが、三十枚のものを二十枚ぐらいにつづめればよかったんだと思いますね。

坪内　その時期、永井さんは最近の小説は長過ぎるということをエッセイなんかで盛んに書いていますね。

坂本　私はその選考会の場にいたんだけど、それから、もう一人、認めていた人がいた。「選評」には書いていないけど、尾崎一雄です。「なんまんだあ絵」には井戸の中に鮒が棲んでいると書かれています。これを非常に面白いと言っていた。尾崎さん好みなんだろうけれど、私はよく覚えている。

車谷　山本道子さんの「魔法」に四票入って受賞、私は落選しました。

坂本　車谷さんには安岡章太郎さんが褒めて、票を入れていました。

車谷　安岡さんは「車谷というのは知能犯だ」と言うた。私は今五十九歳だけど、知能犯から脱しようと思うけれど、これができない（笑）。

「青梅雨」最後の二行をめぐって

坂本　永井さんの作品で車谷さんはどれが一番面白かったですか。

車谷　やはり、「青梅雨」に非常に衝撃を受けました。「一個」ももちろんよかったですけれども、「青梅雨」をきっかけに後に永井龍男全集を全部読みました。「蜜柑」「冬の日」「そばやまで」もいい。ただ、いいと思うのですけれども、作品が書かれた昭和四十年代から平成十年代の現在まで、だいぶ時間が経過しました。私は昭和四十年代に読んだ時に、倫理的に自分を戒める言葉が二つ、三つ必ず出てきて、いいと思うた。昭和四十年代に自分を戒める言葉として効いた。ところが、今度「一個・秋その他」で読み直してみて、やや浮いたように感じられたのです。それは、私個人の変遷なのでしょうか、時代の変遷なのでしょうか。

坂本　永井さんはコント風の小説もいろいろ書いていますが、今読み返してみると、ちょっと浮いているのがある。あれは自分で文士になりたいと思い、一生懸命頑張っているわけですよ。だから、なんでも引き受けて書いている。そうすると、永年編集者やっているから、ジャーナリストの顔が出てくるんです。読者に調子を合わせているところがある。あれはあれでうまいんだけれども、私にはそういう点が時代が経過すると、浮いて見えるところがあります。「青梅雨」は芝居仕立てになっていますね。

車谷　まさに芝居仕立てだと思います。冒頭に新聞記事らしきものが引用されていますが、これは神奈川新聞ですね。固有名詞はF市とかF署とかに変えてあるのだけれど、その後の最後の一夜の会話には、私の時々言う言葉ですが、小説における「虚点」がある。一家心中の直前に大おばあさんが、五十年前のあの頃が私の運の頂上だった、翡翠が偽物だったにしても、と言う。ああいう言葉が思い浮かぶのは、本当に才能以外の何ものでもない。偽物の翡翠が「実点」なんです。あれをおじいちゃんに買ってもらった頃が私の人生における運の頂上だったというのが「虚点」です。「実」と「虚」が相対して出てくるわけです。

坪内　翡翠が偽物だとわかっていたけれど、本物だと思って信じてきて、最後のところでやはり偽物だということがわかってしまう。

車谷　なおかつ、あれを買ってもらった頃は運の頂上だったと回顧するところ、あれは永井さんの独創以外の何ものでもない。ああいう「虚点」が思い浮かぶか、思い浮かばないかが、小説家の才能だと思います。しかし、「青梅雨」はほぼ完璧な作品なんだけれど、問題は最後の二行ですね。「肉体的関係云々の個所は、新聞記者側の質問に応じて云ったものであろう。質問と応答を一連にして記事にするのは、このごろの新聞の悪い習慣である」は蛇足だと思う。

坪内　そこは微妙ですね。永井さんのすごいのは、エロティックなところです。主人公と養女の関係はかなり際どい。しかも、かつて妻が三か月家を出てしまった。そこでちゃんと匂わせていて、描いている。だけど、永井さんの編集者としてのサービス精神、読者に対しての説明責任が頭をもたげ、匂わせただけではわからないのではないかと、最後の二行を書いてしまったと思います。最後の二行がないと、気づかない読者もいるわけですよね。あの二行があって、そうか、妻が家出した意味に改めて気付き、ようやくわかる読者もいる。

車谷　私は最初読んだときから、この二行だけは蛇足だと思うた。

坪内　純文学と大衆文学という言い方をすれば、純文学なら最後の二行は必要ないんです。純文学は、その二行がなくてもわかる読者を対象にしていればいい。でも、中間小説誌に書く場合、必要になる。

坂本　最後に養女の春枝が「二人とも、けさから、死ぬなんてこと、一口も口に出さないんです。あたし、あたし、えらいと思って」と言い、「それきりで、泣き声を抑えに抑え、卓に突き伏した。／この姿と気勢は、今夜のこの家にとって、一番ふさわしくないものであった」とある。これはうまいと思う。

車谷　うまいね。色気がある。これは当然、主人公の太田千三と養女の春枝に肉体関係があったということを暗示している。

坪内　春枝の風呂が例によって長いという、この例によってがいい。

坂本　ここで終わらないで、検視に立ち会った親戚の証言を入れて、肉体関係云々が新聞記者側でという終わり方をする。

車谷　そこが問題なんです。だから、小説作法として、僕はこれをもって他山の石としようと三十年来思うてきた。

坂本　「青梅雨」に関して、小林秀雄はこう言っている。「青梅雨」の「青」はブルーでもグリーンでもなく、「青」でなければいけない。この「青」が、すばらしいという。日本独特の「死」を、「青梅雨」の「青」で象徴しているという。私が今度読み返してみて感心したのは、ぬか雨が降っているんですね。「運転手と車掌が乗り込むと、ヘッドライトが点き、電車の廻りのぬか雨がにわかに宙に照らし出された」。雨が「糠」なんですね。これは見事だと思った。こういうふうにしないと、この一家心中の醍醐味が出てこない。

永井龍男の位置の特殊性について

車谷　永井龍男全集にはエッセイも収録されていますが、「一個」の最後に時計の中に青酸カリを忍ばせてあるというのは、永井龍男さん自身の実生活の記録とわかった。永井さんは昭和二十年八月十五日に敗戦を迎えたとき、やはり柱時計の振り子の中に青酸カリを忍ばせていたのです。日本に帰ってこられないかもしれないし、もし帰ってきても予感として戦犯として追放があると思うていた。戦争協力者としての追放があると思うていたらしい。

坪内　永井龍男は文藝春秋で取締役だったんですものね。

車谷　それから、戦時中は「満州文藝春秋」の社長でしょう。「満州文藝春秋」というのは要するに侵略者であり、満映の甘粕正彦ともつき合いがあった。永井さんも、一家心中をする決心があったのですよ。それを後に昭和三十年代に入って、小説に使うことにしたわけです。「一個」の題名の意味は、私一個と言う意味もありますが、薬のことでもあると思う。青酸カリが粒か粉かを知りませんが、一個と数えられます。

坂本　全集の「あとがき」では、「無数にあるものの中の一つ、名もない一つ」と言っていますが、そう考えたほうが面白いね。

坪内　同じ講談社文芸文庫の「朝霧・青電車その他」には、十六歳でのデビュー作にして懸賞小説当選作「活版屋の話」が所収されています。あれは、十六歳では書けないですよ。十八歳での懸賞脚本当選作「出産」もその文芸文庫に入っているけれど、あの戯曲もすごい。まさしく、早熟の天才です。十代であれだけの作品を書いた人が、菊池寛との関係で編集者になる。編集者時代もしばらくは書いていて、三十代前半で書かなくなり、十年間も小説を書かなかった。そして、戦争で公職追放処分で文藝春秋を離れ、職業作家の道を選ばざるをえなくなる。その十年間も、ちょっと気になりますね。

坂本 あの人は順調に出世してきましたからね。『オール読物』『文藝春秋』の編集長を務め、専務取締役まで昇進した。

坪内 十六歳であんな作品を書いて、二十歳近くで小林秀雄とかと知り合います。外国文学の知識を持った同世代の連中に触れ、自分とは違う世界を知り、それがマイナスになったのではないでしょうか。

坂本 小林秀雄、中原中也のあとをついて歩いていて、話される内容が何もわからなかったとエッセイで書いています。中原中也にはものすごくばかにされたらしい。永井さんは、年下だけど本当に嫌なヤツだったと言っていた。ただ、サンボリスムなど外国文学を小林、中原から耳学問で随分吸収したと思いますね。

坪内 鎌倉文士に対して阿佐ヶ谷文士が、永井さんの時代にはありましたよね。大ざっぱに言うなら、鎌倉文士は関東大震災で移住した東京の人が多く、阿佐ヶ谷文士は震災後に中央線に住宅が安価で供給され、阿佐ヶ谷に住みついた地方出身者が多い。永井さんは鎌倉文士ですが、阿佐ヶ谷文士が集まった阿佐ヶ谷駅前の支那蕎麦屋「ピノチオ」をお兄さんが経営されていた関係で付き合いがあり、井伏鱒二さんとは将棋を指したり、親しくされています。だから、必ずしも鎌倉文士とは言い切れないところもある。

坂本 編集者でしたからね。永井さんは井伏さんをはじめ好きな作家に積極的に書かせていた。最初に丹羽文雄を発掘したのも永井さんだし、編集者としても相当なものです。

一方で久保田万太郎は永井さんの仲人だから、非常に密接な関係だったんです。ところが、永井さんは久保田さんの若いころの小説は好きだけど、晩年のものはあまり好きではないと言っている。神経が細かく、自分の中に入り込まなければ読ませないところがあり、それが煩《わずら》わしいと言う。久保田さんで感心するのは、戯曲だと言っています。戯曲はセリフだけですから、地の文の神経の細かいところが全部切り捨ててある。永井さんは、久保田万太郎の戯曲が小説を書くのに非常に勉強になったと書いていますね。

坪内 久保田万太郎はあくまで江戸言葉、東京言葉にこだわる。東京言葉が好きな人はいいけれど、そうではない人には拒絶される。

車谷 私、そうです（笑）。私は東京人も嫌いです。

坪内　永井さんは、拒絶的な東京言葉で書いていない。永井さんの文章はどこの地方の人でも読めるもので、そこが最大の違いですよね。

車谷　永井さんは学歴はないのだけど、アテネフランセに通って、フランス語は読めるんです。書斎には、シャルル＝ルイ・フィリップなんかのフランス語の原書が並んでいたと聞いたことがあります。

坂本　O・ヘンリーを読んでいたことは、私も聞いています。神田の英語学校に通っていて、ちゃんと英語で読んでいる。やっぱり、昔の苦学生は大したものだと思いましたね。

車谷　戦後の話だけど、文庫にたくさん海外文学の短編集が翻訳で入りましたよね。それらを全部、書棚に並べていたそうです。それで、研究をしていたという。

坂本　十六歳のころから、チェーホフはよく読んでいた。だから、永井さんは早熟で、デビュー作の「活版屋の話」から本当に完成されている。『文藝春秋』に発表された文壇出世作「黒い御飯」にしても、小林秀雄は「うす黒い御飯からも、もうもうと湯気が上がった」の「も」だけが気になったと言った。小林さんが二十一歳で一高生、永井さんが十九歳で初めて会った時の話なんですけど、その「も」は今ありません。

「秋」の布石。「死」への親しみ

車谷　「秋」の後半、瑞泉寺へお参りに行き、久米三汀の墓に詣でますよね。ただ、久米三汀は久米正雄であるのを知っている人は、今日ほとんどいません。久米正雄と永井さんが義理の兄弟であることを知っている人も、ほとんどいません。永井さんは久米正雄の奥さんの妹をもらっています。ここでは不必要と永井さんが判断なさった部分は全部省いてあるのです。そうすると、今日平成十七年の読者の九割九分九厘は、久米三汀の墓へお参りした理由はわからない。小説作法として、今日は御両所におうかがいしたいと思うたのだけれども、久米三汀と永井龍男の関係を一切小説の中で説明せず、「秋」に久米三汀の墓に額ずいたと書くのはよいと思われますか。平成十七年現在の今日として、ちょっと書き方が足りないのではないかと思われますか。

坪内　久米正雄ではなくて、あえて久米三汀なんです。久米正雄と書いた場合、当時はまだある程度、ポピュラーだったと思うんです。しかし、久米三汀だと当時でもわからないと思う。だから、わからないことを承知で、三汀と書いているのではないでしょうか。

車谷　そうすると、文壇では関係はわかっているから、文学関係の読者はわかるけど、例えば田舎の百姓をしている私のお袋が読んだら、まず久米三汀とはなんじゃということになりますよね。

坂本　全集の月報で、高田欣一氏が月見をしているのは一人ではないと書いている。これは面白いと思った。月見は一人でやっているのではなくて、「私」の横にいるのは久米三汀になるわけです。

坪内　そうすると、花火大会のところで、娘の家に誰も知らない「二組か三組」がいたというのも生きてきますね。しかも「月見座頭」は目が見えないけど、すべてが見えることにも通じ、結構、全部生きてきますね。

坂本　そして、三汀の墓に参ると、土の匂いがただよってきたとある。

車谷　そうなんです。あれがいいんです。これが「虚点」なんですよ。実際は、土の匂いはしない。「実点」では土の匂いはしないんだけど、「虚点」では土の匂いがする。また、彼岸花が垣根寄りに柄を伸ばして咲き、それを妻が不思議がると書きますよね。毎年、お彼岸の頃を忘れないで花が咲く。あれも実に、永井さんの「虚点」なのです。毎年咲くのは、「実点」ですよ。だから「実」を妻が不思議がると書くことで、「実」と「虚」が組み合わさっている。

坂本　「秋」の末尾の「ここからどこか、さらにどこかへ入って行けそうな気もしてきた」をみんな評価するけれど、あの短編はその一文を十分に準備して、それまでに布石が全部打ってあるんですね。

車谷 自分も久米三汀の側の墓の中に入ることを、最後の一行で「秋」は暗示しています。それが間もなくであることを予期している。

坂本 「秋」は生死一如の境地が冴えわたっていますが、あの一行はすぐれた小説家のみが書ける、精妙な動きのある表現ですね。

車谷 体内に死の木、樹木が育ってきていると永井さんは感じている。

坪内 永井さんの小説は、常に死が出てくる。ただ中年の頃にも書いていますが、もっと残酷なものでした、それがだんだん、残酷なものではなく、自然なものとして受け容れられる形になっている。

車谷 「秋」の終末にある死の予感も、久米さんの隣に自分も墓を並べることが永井さんの一種の魂の救済となっている。これを読んだ時、死を救済として捉えているのではないかと思いました。

坪内 「一個・秋その他」の解説で中野孝次さんが、「おれは今日死ぬよ」と言ったその日に亡くなったと、坂本さんに聞いたと書いてます。

坂本　もう死ぬ気がする、淋しいから一緒に話でもしよう、と入院前に奥さんに言った。長女の友野朝子さんはそう書いています。

「秋」を『新潮』昭和四十九年新年号で私が受け取った時、永井さんは六十八歳でした。割合と若いんです。一番最後に書いた短編は「冬の梢」で、八十歳の時です。自ら凍死する人間の話ですが、凍死が冬眠するというように書いてある。私が最後にもらった原稿ですが、どうしても小説を書きたかった。最後まで、小説にしなければ気が済まないところがあった。「東京の横丁」に入っていますが、鮮やかな小説ですよ。

車谷　二〇〇一年に講談社から出版された、その本は持っています。

坂本　「秋」で他に感じたのは、花火大会のときに娘の義理のお母さんが転びます。庭に降りようとして、捻挫するけれど、それが死の遠因になる。実はその家には永遠にもう死なないだろう二組、三組がいる。あれはすごいね。

車谷　花火大会を見に来た誰も知らない人たちが、霊園から来たのではないかという。これは素人でも考えられる話です。しかし、その後、秋という主題を出すため、目明きが盲人をからかう、京都の花野に一人の盲人が取り残される話になり、最後に月見に行って、久米三汀の墓に額ずく。その時に、やはり土の匂いがしたというのがすごいんです。花火大会の日に霊園から客が来たという話だけだったら、誰でも考えられるけれど、その後、どうやって輝きを増すかです。その辺り、永井さんの至芸になる。

坂本　一緒に「月見座頭」を見に行く呂六という男が出てきます。あれはつくりの人物でしょう。

坪内　呂六はもう一人の永井さん、もう一人の自分ですね。

車谷　「月見座頭」は、一人で見に行ったと思います。あれも、また永井さんの「虚点」でしょう。私はあの小説を読んだあと、図書館へ行って狂言の本を借り、「月見座頭」を読みました。白洲正子さんが存命中、よく能へ連れて行っていただきましたが、あれは遂にかからなかった。

坂本　永井さんはその後、「月見座頭」のことを『新潮』に連載したんですよ。「明暗雑記」というタイトルで、昭和五十三年一月号から始めましたが、結局、まとめ切れなかった。論理的構築ができる資質の人ではなかったが、それは決して不名誉ではない。

てんぷら蕎麦の「虚点」と「実点」

坂本　「そばやまで」を読むと、てんぷら蕎麦のぬるくなったときに酒を飲む場面が出てくる。永井さんはあれが好きなんです。私は神田の「藪」でつき合って、実際に見たことがありますよ。

車谷　てんぷら蕎麦は、熱いと海老の殻もまだしっかりしていることもあって、普通の人は熱い間に食べる。だけど、ぬるくなってクチャクチャになってから食べると、「虚点」になる。「虚点」を、実生活で実践していた。

坪内　そこはもう少し、詳しくうかがいたいですね。ぬるくなっても、てんぷらはてんぷらですよね。そこで「虚点」になるというのは……。

車谷　世俗人はてんぷら蕎麦は衣が柔らかく解体しない前に食べる。

坪内　おいしいと思い食べるのか、普通だと思って食べるのか……。

車谷　おいしいと思って食べる。ところが永井さんは、衣が解体するまでグズグズして、「実」が「虚」になるまで待っているわけです。

坪内　それのほうが、味として好みということではないのでしょうか。

車谷　個人的付き合いがなかったから、僕はわからない。

坂本　私は田舎者だから、永井さんに東京の生活をいろいろ教わりましたが、あのときに私は本当に田舎者的感想を持ったんです。てんぷらがぬるくなった時には、私はもう食べてしまっている。そうしたら、「これがわびしくていいね」と永井さんは言ったんです。「へえ、これが東京人か。なんだ、このわびしくていいねというのは」と思った。そういうセリフが自然に出てくるんだよね。坪内さんも江戸っ子だから、そうかもしれない。

坪内　そうですね。しかし、それは「虚」ではなく「実」な感じがする。

車谷　ぬるくなったてんぷらが「実」とおっしゃりたいわけですか。

坪内　そのわびしい感じが「実」という気がするんです。

車谷　私個人は、自分の生活の中で「実」が「虚」になる瞬間を、永井さんはやはり待っているのだと思う。待っているには時間が必要で、そのかたい衣がやわらかくなるまで、やはり待っているのではないですかね。ぬるくなって普通の人はおいしいと思って食べないものを、自分はおいしいと思うて食べるのが「虚点」ではないかと思うのです。

坂本　永井さんが長編小説を書けなかったのは、菊池寛みたいな大衆小説が書けないということもありますね。贅肉をつけないと、「真珠夫人」は書けない。しかしそれは永井さんの長所でもある。書けないことが長所でもあるわけです。

坪内　永井さんの「石版　東京図絵」は新聞小説ですがノンフィクションノベルで、普通の新聞小説の扱いではなく、欄も大きかった。職人や長谷川如是閑の話とかも入れ、当時にしてはすごくアバンギャルドで、新聞小説の将来を占うものという評価もあったんです。永井さんはそういうふうな形の技を使わないと、長編小説は書けない。

坂本　しかも、「清潔」という言葉が小説の中に何度も出てくる。ああいう言葉は、小説家はあまり使うべき言葉ではないんじゃないですか。

車谷　永井さんの倫理的潔癖は、昭和四十年代ぐらいの感じです。初めて読んだ頃は、時代と俗世間に対して、清潔という言葉がある生命感、みずみずしさを持っていた。しかし、平成十七年にもなると、どうも清潔という言葉がみずみずしさを失ってしもうた。これは、やはり時代の変遷が強いのかもしれない。

坪内　「蜜柑」みたいな不倫小説は、今や書けないですよね。彼女は結婚するから今日で関係を断とうという話は、今や書けない。今やそういう潔癖さがなくて、ずるずるいくみたいなのが普通の感覚です。

車谷　やはり昭和三十年代、四十年代の時代背景ですよね。

坂本　「青梅雨」の千三は日本酒二合瓶を買ってお札でもらったお釣りを銀貨に換えてくれと言う。あれはいいね。お金を重さで実感する。

坪内　お金のリアリティも、永井さんの時代はそういう形で表現できますよね。「活版屋の話」にしてもそうだし、明治、大正、昭和のお金の重さは、昭和四十年代くらいまで実感としてまだあった。一万円は百円玉百枚の重さがあったのが、昭和五十年くらいから、単なる札になってしまった。永井さんの書いたリアリティは、いまどうなってしまったのかという問題はありますね。

車谷 江藤淳さんが著書「小林秀雄」の中で、他人をどうするかが倫理の基本だと書きました。それに対し、永井龍男は他者に対して自分を抑制するのが倫理の基本と考えている。そういう基本で小説を書いていたけれど、いまは他者に対して自分を抑制する人はすごく少ないですからね。特に女の人は少ない。自己主張する女が多くなってきた。

坪内 永井さんの自己抑制の対象は、自分の棲むコミュニティなんですよ。倫理に関しても、西洋のような神の目はなくても、周りの目が常にある。しかも、具体性を持った周りの目です。それを前提とした世界を、永井さんは書いている。しかし、そういう周りの目のようなものがなくなってしまったから、そういう倫理は通用しないわけです。

永井さんは電車のことをよく書きますよね。例えば横須賀線は、三代続けて乗っている人がいるとか、戦前にはもう駅員さんもみんな顔見知りだから、キップがなくとも顔パスで、しかも電車の中で変なことしたらすぐばれてしまうと。永井さんの描く電車の中は顔見知りの世界だったのが、それがいまや全然知らない同士というのが常識になってしまったわけですよね。

坂本 その話自体現代の文明批評になりますよね。鎌倉文士の崩壊と同じですよ。昔、鎌倉文士は、首に「鎌倉でおろしてください」という札をぶら下げて、酔っ払って寝てたのもいたようですよ。

坪内　永井さんは俳句がさえているときは短編小説は書けず、逆のときは俳句がさえなかったという。車谷さんも俳句を詠まれますよね。素人的には、ともに言葉を研ぎ澄ませるもので、すごく似た世界にあると考えてしまいがちです。しかし、俳句と短編小説は世界がまるで逆だと永井さんは書いています。

車谷　俳句の五七五、十七文字、その短い文字によって、小説を書こうと私はいつも思うている。それが僕の俳句に対する態度であり、十七文字の物語と思うている。坂本さんにも褒めてもらった「名月や石を蹴り蹴りあの世まで」は今の嫁はんと婚約した夜につくったものです。それをまたご丁寧に、坂本さんのところに書き送ったわけですよ。喜びのあまり、婚約しましたと言わず、俳句にして書き送った。僕としては、婚約してこれから、死んだあとまでも、嫁はんと石を蹴り蹴りあの世までという物語を、五七五でつくったつもりだった。

坂本　それでは、そのまま永井さんの「秋」ですね。(笑)

(五月三十日神楽坂・寿司幸にて)

坪内祐三（つぼうち　ゆうぞう）　評論家、エッセイスト。一九五八年、東京都生まれ。『慶応三年生まれ七人の旋毛曲り』で講談社エッセイ賞受賞。他に『靖国』など。

坂本忠雄（さかもと　ただお）　元「新潮」編集長。一九三五年、山口県下関生まれ。一九八一年から十四年間にわたり「新潮」編集長を務める。鼎談集『文学の器』。

インタビュー

直木賞作家、西行と仏教を語る

世捨て人への憧れ

――車谷さんは二十五歳のときに、『西行法師全歌集』を読まれて、世捨て人として生きたいと思われたそうですが、年齢的に随分、早いという感じがしますが。

車谷 いや、そんなに早くないですよ。西行は二十三歳で出家遁世している。平安時代に書かれた『大鏡』に出てくるんですが、佐藤義清（のちの西行）という貴族が出家したというのは、当時、大変な都の噂でね。佐藤氏は藤原氏ほどの上級の貴族ではなかったけれど、一応貴族なんですよ。紀州、現在の和歌山県が全部領地だったから、そこからすごい年貢米が上がる。それほどの金持ちで、健康で、武士としての腕も立つ強者がですね、妻も子供もいるのになぜ出家したんだろうというのは大変な噂になった。その謎はいまだに謎のままなんですがね。西行自身も、一切口を閉ざしてるんです。それで、失恋したんじゃないかとか、いろんな説がありますが、そんなものはみんな後からの当て込みですよね。ともかく、僕が二十五歳で出家したいと思ったとしても、決して遅くない。

――それにしても二十二歳のとき慶應大学独文科を卒業されて、まだ二、三年ですよね。それでもう世捨て人、つまり坊さんになってもいいと思われたのは……。

車谷　なってもいいというより、ぜひなりたいなと思った。

――その理由はなんですか?

車谷　非常に遅いんだけど、そのころ初恋というのがあってね。だけど、相手の人は僕のことを捨てて、よその人と一緒になっちゃったわけ。それで、生きがいを失なってしまったんだな。それから、そのころ広告代理店に勤めてたんだけど、仕事に失望してね。こんなことを定年まで四十年もやるのかと思うといやになってしまった。じゃ、何かほかの職業だったらいいのかと言うと、外交官、弁護士、新聞記者とかいろいろ考えてみたけれど、どれも自分がやってみたい職業はない。それで、出家というようなことを考えた。

板場で非僧非俗の生活

――車谷さんは姫路のご出身ですが、それで二十九か三十歳になって、郷里へ帰ってしまったんですね。文学の才能を早くから嘱望されていたのに、その後関西で料理屋の板場（＝板前）をされていた。それからもう一度、東京へ出てこられるまでの八、九年というのは？

車谷　まあ、修行だな。決して誰にも口には出さなかったけど、自分では世捨て人のつもりだったし、文学を捨てたつもりだった。ところが、東京から編集者が、僕の働いていた料理屋まで迎えに来るわけです。ぜひ東京へ帰って来て文学に励んでほしい。あなたは必ず芥川賞か直木賞を取れる人だからって、おだてるわけですよ。

――それが再び、文学にアプローチするきっかけになったわけですね。

車谷　それは、心を打たれるわね。自分のような者にこんなにしてくれてと思うしね。でもね、編集者たちはとにかくおだてながら、ぼろくそに僕のことをこき下ろすわけですよ。おまえなんか馬鹿だ、あほだ、死ねとか、こんな料理屋で毎日漬物を漬けていて、何を生きがいにしているんだというわけ。それで、いや、漬物を漬けてるといっても、おいしいと言って食べてくれる人もいるんだから、それはそれなりの生きがいはあるんだよって言ったんですけどね。ご飯を炊くのだって難しいし、それをおいしく炊けばお客さんは喜んでくれるわけで、それはそれなりに喜びはあるんですよ。

料理場というところは世間からは隔離されたような場所ですからね。だいたい、朝六時ぐらいに起きて店へ出て行って便所掃除をする。それから夜十一時くらいまで働いて、そのあと洗い物をして帰るわけだから遊ぶ暇もない。僕も一所懸命働きましたよ。僕は今、五十七歳なんだけど、あの九年間は一番、とにかく気持ちが澄み切った状態で暮らすことができたな。金が欲しいとか、女が欲しいとか、誰かにおべんちゃらを言うとか、そういう俗気というのがほとんどなくて済むわけですよ。給料は月二万から五万ぐらいだったから仕事のあと風呂屋へ行って、それでもう、あとは何もないよね。新聞は読まない、テレビも見ない、ラジオも聴かないでしょ。それから、電話も持たないし、友だちとも一切交際しない。孤独と言えば孤独なんだけど。

――やっぱり、世捨て人みたいだったんですね。

車谷　僧にあらず、俗にあらず、非僧非俗の生活だね。自殺すると親が悲しむからいやだし、料理場の片隅で下働きをやってるのが一番良かったんだな。

――つらいというか、もっと楽しいことをしたいという気持ちはなかったんですか?

車谷　なかったね。料理人というのは大概、競馬、競輪といった賭け事をするんだけど、僕は一切加わらなかった。でも、どこかの会社に勤めて偉くなりたいとか、料理場の親方になって、おまえ、これせい、あれせいとかいって命令するのもいやだったしね。卵を焼けと言われたら卵を焼くと言うか……。

それでも、絶えず考えていたのは、お金を払って食べに来てくれる人に、おいしかったなと思って帰っていただくということだね。だから、怠けていたら駄目だ、心を尽くして料理を作らなくてはという気持ちはあったね。その九年間、大げさに言えば煩悩というか、そういうものから非常に遠ざかった生活だった。

西行はすべてを捨てたのか

——板場で働く一方、京都のお寺を回りながら、修行できる場所を探されたそうですが。

車谷　そうです。それで最初は建物からだけ判断して、知恩院がいいなと思ったんです。でも、知恩院の創始者である法然上人はどういう教えを説いた人なのかも全然知らないしね。それで後で、いろいろ仏教の本を読んで、それぞれの宗派の違いも勉強した。今は臨済宗が一番いいんじゃないかなと思ってるんだけどね。岩波文庫の『臨済録』という本を読んで見ると、なかなかいいことが書いてあるんだな。こういう教えがいいんじゃないかなとは思ったけれど、それでも、やっぱり僕にとっては仏の道というのは第二位なんだな。やっぱり文学のほうが面白いというか、心の中で反省してみると、自分はたとえ出家したとしても所詮贋坊主だなと思うわけです。

――贋坊主とか贋世捨て人とかいうのは、なにか本物より魅力的にも思えますが。

車谷　いや、僕は仏教の道にもし入ったとしたら、一生雲水でいたかったね。どこかの住職には絶対なりたくなかった。住職になると寺の経営ということも考えなきゃいけないから金に振り回される。朝から草取りをして托鉢をして風呂を焚いて、それでいいと思っていた。さりとて、仏道一筋にというか、一線を飛び越えるというか、最後の決心はつかなかったね。

――作品の中に、「お前、雲水になる宿縁がないんや」というくだりがありましたが。

車谷　それは、出家していた親しい友人に言われたんです。僕が出家しても所詮贋坊主であり、大げさに言えば仏様を裏切ることになるんだよね。僕は仏の道に入るというのは、やっぱり仏様をお慕い申し上げるというか、それが第一でないといけないと思うわけ。その意味では、西行も贋坊主なんですよ。仏道一筋じゃない。一番目は歌の道で、仏道は二番目なんですよ。西行はすべてを捨てたと言っているけど、それは嘘で和歌山の荘園だけは絶対捨てなかった。高野山で剃髪して形は出家ということになっているけど、どこにでも庵を作って一生遊んで暮らすことができた。

――西行は優雅な人生を送っていたわけですね。

車谷　世捨て人じゃないですよ。

――それで車谷さんは「雲水になる宿縁がないんや」と聞いてどうされました？

車谷　あきらめたね。それで、とにかく東京へ戻って文学一筋でいこうと思った。でも、仏教の本は読み続けたね。『歎異抄』とか、それから、道元の『正法眼蔵』も読んだけど、あれは難しくて分からなかった。でも、その後僕がわかったのは、道元のずっと後の弟子が良寛なんだよね。良寛の歌を読むと、道元の考え方がよく分かりますよ。あの人は、要するに『正法眼蔵』の考え方を分かりやすく一般民衆に布教するために和歌を詠んでるわけですよ。良寛を読んで、初めて道元という人はこういう考え方だったんだなということが分かりました。

仏の教えは毛穴から

――車谷さんは、「人の生死には本来、どんな意味も、どんな価値もない」とも書かれていますね。

車谷　人間はたまたま知恵がついて、哲学というものを発明して、人生にはこういう意味とか価値があるというようなことを言ってきたわけです。ですが、そんなのは言葉のまやかしにしか過ぎない。死ぬことは怖いんだから。いくら仏教書を読んでも、悟りなんか開けませんよ。だから、「仏の教えは毛穴から」と言って、例えば田んぼへ出て働いて汗を流すとか。料理場なら「美味しいな」と言ってお客が満足そうな顔をしてお金を払って出て行って下されば、いささかでも人さまに慈悲を施したということになるわね。

――　どんな人でも自分の役目をこつこつ全うする人は年をとってから仏の教えを無理やり聞いたり読まなくても毛穴から吸収しているという事でしょうか。

車谷　そう。読んだって駄目だな（笑）。読んだって分かるはずがないよ。

――　どうしたらいいんでしょうか。年齢と共に仕事もなくなってきますが。

車谷　仕事がないっていうのは会社の仕事がない、金儲けをする手段がないということをいっているだけです。「仕」というのは「する」という字ですよ。するという漢字を知っている人は非常に少ないんだけど仕事の仕ですよ。他人のために奉仕する気があれば、道にゴミが落ちているのを拾うだけでも朝から晩まで、仕事はあるんですよ。要するに人間が一生を通じてできる仕事を見つけること。いずれ引退とか定年とか廃業とかいうことが起きて、社長ですらやめざるを得ない時がくるんだからね。文学とか音楽とか絵とか工芸品だとか、これが仕事だと思ってずっとやればいいわけです。

――仕事と思ってこつこつと積み上げていく。急に定年になって、趣味を持とうとするのがいけないのですね。

車谷　趣味じゃ駄目。

――だから、みんな絶望するんですね。仕事は「すること」として自分のものにすることが大切なんですね。

車谷　とにかく今は生き甲斐と死に甲斐のない人が多い世の中だね。サラリーマンの人生にはほとんど死に甲斐というものがないんだね。ひとことでいえばこころざしというものをもたなきゃいけないのですよ。金儲けは決してこころざしにはならない。生きるための単なる手段で最終的に目的にはならない。受験教育の中で目的と手段が逆転しているのが近代社会なんです。生き甲斐のある何かを残して死ぬしかない。生き甲斐を得るには少し足らざるというのが一番いいんだな。

――「少し貧乏」を自分の人生の指針にして来た、と書かれてありますね。

車谷　「非常に貧乏」は良くない。グルメもよくないね。少し貧乏というのが幸福なんだな。貧乏な状態を好きにならなければ感覚が狂ってくる。貧乏が大好きで、なおかつ、「少し貧乏」というのが一番いいね。

聞き手＝横内武彦（曹洞禅グラフ編集部）　平成十五年四月・車谷長吉氏自宅にて

著者との六十分

――〝畸篇小説集〟と副題がついたこの『愚か者』には古くは昭和五十八年に書かれた「桃の木の話」から平成十六年に書かれた最新作「川向こうの喜太郎さん」まで、二十年あまりにわたって書きつがれた三十一篇が収められています。また内容も車谷作品でおなじみの《与一》と呼ばれる人物や《くるまたにさん》が登場する私《わたくし》小説から、《恐怖小説》とでもいうべき幻想的な物語まで幅広く揃っていますね。

車谷　まず〝愚か者〟という主題でなるたけ短い小説を書こうという意思がはっきりあったんです。人間の偉さというものには限りがありますが人間の愚かさというものは底無し沼なんですね。世の中には偉い人より愚か者の方が圧倒的に多いし、まず自分自身がその代表だと思っていますから、自分の愚かさを書こうと思っていました。それから、川端康成さんに「掌《たなごころ》の小説」という作品があり、吉行淳之介さんには「掌篇小説」があり、島尾敏雄さんには「葉篇小説」があります。大学生の頃、角川文庫で川端康成さんの「掌の小説」を読んで、いつか自分も文章を書く時代が来れば短い小説集を書いてみたいと思っていました。

――『愚か者』の個々の作品についてお尋ねします。「トランジスターのお婆ァ」の残された右腕にしても、「ぬけがら」のホルマリン浸けの漱石の脳髄にしても、「つまようじ」のポケットの中のつまようじも、それが何かの象徴というのではなく、ゴロンと存在そのものの強さが横たわっている感じがします。

車谷　例えば、つまようじ一本が不気味に思われる時があります。食堂のテーブルのつまようじたてに差してある時は、さほど不気味には思わないんだけど。それから夏目漱石の脳髄がホルマリン浸けとなって上野の科学博物館にあるというのは人に聞いた話で、僕は入った事が無いんです。見に行こうと思えば行けないことは無いんだけど、何か不気味な感じがして入れないですね。

――つまようじや脳髄は車谷さんがエッセイで書かれている《小説を小説たらしめている「虚点」というもの》なのでしょうか。

車谷　そうですね、「虚点」というのは存在の不気味さです。例えば僕の『鹽壺《しおつぼ》の匙』という小説の中で《腹が減ると「背中の炭を喰いながら。」》と書いたんです。「勇吉は腹が減っていた」と書いただけでは文学にならない訳で、食い物でない炭を食べさせる事によって、いかにこの勇吉がお腹が空いていたかということを表現しました。この場合、炭が「虚点」になっています。そんなことがわかるようになってから小説を書けるようになりました。

――『愚か者』の巻頭の「非ユークリッド的な蜘蛛」も不条理な作品ですね。会議中にあくびをしたという罪で主人公の蜘蛛が死刑判決を受けるという…。

車谷　僕も会社員をしていて会議に出たことはあるけれども、その席で皆あくびをしてますね。それで会議中にあくびをしただけで、死刑になるとしたらどうなるのか、と考えたんです。世の中の九割九分の人はあくびをする事に罪悪感を持たないじゃないですか。僕ももちろんあくびはしますけど、それでも何か悪いことをしたような感じが残ります。「お前死刑だ」と言われたらどうしようかって少年時代から思っていました。

――《刑場への長い廊下を歩いて行った。》に続いて、連れ合いである《アーキーの目が鍵穴から覗いていた。》という一文があり、作者のまなざしに冷えびえとした気分になります。また家にいるはずのアーキーが、と不思議な感じがします。これも「虚点」ですか。

車谷　はい。義務教育の間は1＋1＝2であるというユークリッド的幾何学を教えているわけです。ところが《非ユークリッド的》は1＋1＝2でないという事ですよね。それで《非ユークリッド的》という題名をつけました。この作品は、僕の友人の娘に田付秋子《たつきあきこ》さんという人がいて、彼女が小学校4年生の時に手書きの新聞「黒猫新聞」を発行してましてね。親からうちの娘の新聞に何か小説を書いてやってくれと頼まれて書いたんです。タツキアキコで、主人公の名前もタツーキとアーキーです。

——そんな背景があったのですね。ところで、昨年出た『忌中』（文藝春秋）という作品集には「三笠山」「飾磨」「忌中」というあきらかに私小説ではない小説が書かれています。

車谷　これは新聞種《しんぶんだね》小説ですね。朝日新聞に載った小さな記事から発想したものです。もちろん名前や地名は変えてあります。新聞種小説が得意だったのは三島由紀夫、永井龍男ですね。三島の新聞種小説の代表作は『金閣寺』です。金閣寺を燃やす事件があって当然新聞種になり、その記事から小説を書いたんでしょう。永井龍男の代表作『青梅雨』も新聞種です。神奈川新聞の隅っこに出ていた記事らしいです。そういう新聞種小説も若い頃から書いてみたいと思っていました。新聞を読んでいると、あっこれは小説になるなという事件が時々起こりますよね。そんな記事は切り抜いて、十年二十年と寝かしておくわけです。

——小説になりそうな事件とはどんな事件なんでしょうか。

車谷　それは、言葉はよくないけど「面白味」ということですね。男の愚かさ、女の愚かさがよく出ている事件です。僕は今五十九歳ですが、電車の中で人を観察しても新聞を読んでも人間の愚かさ以外は考えて来なかったな。僕の唯一の主題ですよ、「愚かさ」は。今回の『愚か者』以外にも中篇小説や長篇小説も書いてきましたが、皆人間の愚かさがテーマ、モチーフですよ。

――「狂」(『武蔵丸』収載)もその系譜に連なる印象的な作品ですね。車谷さんが高校生の時には、「狂」の主人公である立花先生のモデルになった方がいらっしゃったのですか。

車谷　いました。立花得二先生ね。本名で書きました。あだ名は「√《ルート》」。数学で「√」ってあるでしょ、割り切れない。実は立花先生も小説を書いていたんですね。だけど亡くなるまでに一度も雑誌には載らなかった。

――《落魄の崇高を、偉大なる異者として生きた》立花先生の生涯を描いた小説です。中島敦の『山月記』に並ぶ美しい作品だと思います。

車谷　僕は人間の愚かさというものを主題に考えたのが二十七歳位の頃でした。それから考え続けて作家として認められたのは四十七歳だった……。

――『鹽壺の匙』ですね。ところで、車谷さんには句集もあり、「先達」(『業柱抱き』収録)には《学校を出て数年たった頃》俳句を始めたとあります。また「永井龍男と濱野正美」(『銭金について』収録）には《学校を出て二年が過ぎたころ》永井龍男の『青梅雨』と出会ったとあります。

車谷　俳句は五・七・五の十七文字。少ない文字で多くの含みを持たせようとするものです。韻文と散文の違いはありますが、短篇小説も同じで、できるだけ短い文章で多くの含みを持たせようとします。だから俳句を作るつもりで短い小説を書くという事です。この『愚か者』もそういう意識で書きました。

――《淀橋諏訪町》や《本郷丸山新町》等、車谷さんの小説には今はこの世にもう存在しない旧町名が書かれていますね。

車谷　僕は昭和三十九年に東京に出て来ました。当時、四歳上のいとこが日大におりまして、「お前これから東京で暮らしていくんだから地図をやるよ」と地図をくれました。その東京地図は発行が昭和三十六年で、町名が変更される前だったんです。僕はいまだにその地図を使っています。例えば文京区向丘〇丁目なんて味気ないでしょ。駒込千駄木町と言う方がいいでしょ。

――さて、車谷さんにお話を伺う以上、ミューズである《嫁はん》こと高橋順子さん（詩人）についてお尋ねしなければなりません。

車谷　そもそもは平成二年の大晦日に、順子さんの住まいを出し抜けに訪ねて行ったんですね。〝僕はあなたの詩のファンです〟って。その時は僕が小説を書いているとは彼女は知らなかったんです。おつき合いがはじまって話していると共通の知人がいる。そのうちの一人が青土社の編集者だった三浦雅士さんで、僕は昭和五十八年に三浦さんが編集する「火の子の宇宙」という冊子から原稿の依頼をうけて、「桃の木の話」という小説を書きました。

——これは今回の『愚か者』に収録されている一番古い作品ですね。

車谷　はい。それで共通の知人であることを知った三浦さんは順子さんに「火の子の宇宙」を貸したそうです。次に会った時に順子さんは〝あなたの小説を読みました、ああいう短いのをどんどんお書きになるといい〟と言ってくれました。それから順子さんの勧めに従って「人間の愚かさ」を主題にして小説を書き続けたんです。順子さんに原稿を見てもらって的確なアイディアをもらう、それが僕にとって良かった。順子さんと結婚して、僕はたてつづけに文学賞をもらいました。強運のひとです。

聞き手＝石川淳志（映画監督）　東京千代田区・角川書店にて収録

不幸のままに生きる

——不幸な人は不幸のままに生きればよい。作家の車谷長吉さんは半生を振り返り語る。「苦しみの道」を歩み通すことで深まる人生の味もある、と。

人生の道は至る所で二股に分かれている。右と左、どちらかを選ばなければならない。楽な道と、苦しみの道。僕は苦しみの道を歩いてきました。

二十代の頃、書いた小説が新人賞の候補作になった。出版社の人が次々と家にやって来て、「本を出して」と口々に言う。僕は書き続けることができませんでした。作家としての力がないと感じました。

それで、ある新聞社の中途採用試験を受けて内定をもらった。だが石油危機による不況の影響で、内定が取り消されました。僕は夜行列車に飛び乗り、故郷の姫路に向かった。逃げ帰るわけだから、将来のあてはない。一つだけ、決めた。大卒のインテリとして生きるのをやめよう、と。

三十代の八年間は、住所不定の暮らしを送った。料理場の皿洗いなどをし、神戸や尼崎の粗末な簡易宿舎を転々とした。その間、一人の編集者が何度も「小説を書け」と連絡してきた。ある時、彼は電話口で泣いていました。障害のある子供が生まれた、オレのせいだ、子供に悪い、と繰り返します。僕は彼を励ましたくて、東京に戻った。デパートで働きながら小説を書いた。原稿を何度も突き返されました。六十回ぐらいボツにされた。「よくも、こんなものを読ませたな」と愛の拳で殴られ、血まみれにもなりました。僕は自分の力の無さを責めた。必死に食らいつくうちに、直木賞をもらいました。

――苦しい道から逃げなかったことで救われた、と車谷さんは語る。

僕には生来の病がある。遺伝性蓄膿症です。鼻で呼吸ができないのです。この病があったから僕は作家になりたかった。熱く焼けた棒を眉間から後頭部に突き刺したような痛みが、ずっとある。小説を書いている時だけ痛みを忘れた。夢中になれたからです。
富も名誉も僕はいらない。ただ、心身共に健康で生まれていればと思わずにはいられない。その思いが、今でも心の八割を占めている。あと2割は救われたという感謝の心です。小説を書き続けたことで救われた。書かなければ苦しみに支配されていた。健やかな人を羨み、自分を蔑むだけの人生を送ったことでしょう。
楽な道とは苦しみから逃れる道のことです。そこに希望はない。かえって迷いや落とし穴に落ちてしまう。僕の親族は何人も自殺した。世の苦悩に目を背け、借金をつくって追い込まれた。人間の大多数は不幸です。不幸な人は不幸であることを認めて生きていけばよい。自分を絶えず苦しい道に追い込むことで、本当の人生の味わいに触れられるような思いがいたします。

――昨年までの三年間、全国紙の連載で読者からの悩み相談に答えた。

優劣で思い悩む人からの相談が、多かった。私も若いときは他人と自分を比較して、自らを「劣」と思って苦しんだ。今はこう考えています。劣でよいのです。劣には劣のよさがあります。

それを明るく肯定すれば、必ず新しい道が開けてきます。

聞き手＝諸岡良宣（日本経済新聞文化部）

アンケート

私の好きな俳句

◆好きな俳句ベスト3

此道や行く人なしに穐の暮　　松尾芭蕉

人間の本質は孤独である。

鍋さげて淀の小橋を雪の人　　与謝蕪村

私は昔、蕪村の娘が嫁いでいた京都の料理屋に勤めていた。

僧のくれし此饅頭の丸きかな　　夏目漱石

丸くない饅頭はない。丸くなければ、喰う気がしない。

◆好きな俳人（江戸／明治以降）

松尾芭蕉／夏目漱石

◆愛用している歳時記

山本健吉編『最新俳句歳時記』（文春文庫）

山本健吉『俳句入門』（新潮社）を読んで、私は俳句を作りはじめた。

◆初心者へのアドバイス

歳時記をくり返し読む。

◆自作俳句ベスト1

乳母車寺へ消え行く雨月かな

日記

脳と指のためのリハビリ日記

平成二十四年六月二十三日　土　曇り
　毎朝の散歩、毎朝の体操、般若心経。鯛焼きを二尾求めて、この上なく美味しく頂く。天麩羅を求めて、美味しく頂く。夜は快眠。

二十四日　日　曇り
　朝、さくらんぼ、きんこうり、昼はツタンカーメンの豌豆豆の炊き込みご飯を頂く。夜、空豆、じゃが芋と蕨の煮つけを頂く。ソーセージも。はんぺん入り玉子焼きも。

二十五日　月　曇り
　午後、順子さんのウォーキングシューズを一緒に小石川へ求めに行く。帰りに鯉の餌を求める。

二十六日　火　晴れ
　箪笥を求めに行くが、店は休日。焼酎を呑んで足がふらついた。順子さんに以後の焼酎を禁じられた。

二十七日　水　晴れ
　箪笥屋へ改めて行き、整理箪笥を注文する。

二十八日　木　曇り
　朝、田代医院へ行って診て貰い、薬を求める。数日前に失った財布の中に入れておいた診察券を再発行してもらう。順子さんが巣鴨へ会食に行く。私は昼、寿司を求めて食べる。夜は四時頃、缶ビールと酒を呑んで、寝てしまった。九時ごろ起きて、夜食の残りを食べる。順子さんが「可哀相な一日だったな。」と感想を漏らす。

二十九日　金　晴れ
　午前中、上野の不忍池へ散歩に行く。蓮の花は咲いていず。夕方、食事をせずに、冷や奴だけ食べて、酒を呑み寝てしまった。

三十日　土　晴れ
　午前中、パン、午後からお米を買いに行く。バナナと苺も買う。お米は秋田小町、苺も秋田県産。

七月朔　日　晴れ
　私の六十七歳の誕生日。根津神社で昨夜行われた水無月祓えの茅の輪をくぐる。お昼ご飯は順子さんに上野の伊豆栄で鰻の白焼きを御馳走になる。

七月二日　月　雨のち、晴れ
　高松の山田唯ちゃん、礼奈ちゃんに絵本を買って贈って上げる。お風呂に三度入る。体が冷えたので。

七月三日　火　晴れのち、雨

弟が送ってくれた枝豆を麦酒で食べる。昔の味がし、美味。「平穏な日々だね。」と順子さんが感想をもらす。

七月四日　水　晴れ、東京も三十度近くなる

目高の子が一匹、一週間ぐらい前に生まれ元気に成長しているので、可愛くて仕方がない。親目高は三匹、気持ち快さそうに泳いでいる。雀は毎朝、米を食べに玄関前まで来る。

七月五日　木　晴れ

夕方、賀納屋へ行って生ビールを飲む。

七月六日　金　曇り

庭の瓶の中の子目高が、見当たらなくなる。小さな衝撃を受ける。順子さんは「がっかりですね。」と嘆息をもらしている。

七月七日　土　曇り

平成十年以来の写真の整理をする。多くの方々には、もうお日に掛からなくなったな、という感想を抱く。昨夜、布団も寝巻も汗でぐしょぐしょになる。体温調節機能がどうかなったらしい。晩御飯は食べずに、夕方五時頃にはもう寝てしまう。しかし一睡も出来ず。

七月八日　日　朝は大雨、のち晴れ

大雨だったが、一人でいつもの散歩に行く。私が明るいうちに睡眠薬を飲んでしまうので、順子さんに薬を隠されてしまう。夜九時ごろに起きて、日本酒と睡眠薬を飲む。

よく眠れた。

七月九日　月　晴れ
果物屋で西瓜を買う。アイスクリームも食べる。この頃は喰うこと以外に関心がなくなった。五月以来、久々に句会を催す。

夏座敷大の字に寝る女かな
水無月や東のをなご指落とす

今日は久々に文人の気持ちを味わう。蚊帳を吊って寝る。今年初めてのこと。

七月十日　火　晴れ
気温三十一度まで上がるが、梅雨は明けない。アイスクリームを買いに行って、道端の石に坐って食べる。夜は豚の耳と南瓜。

七月十一日　水　晴れ
八百屋へ西瓜を買いに行って、美味しく食べる。満足。飯岡の順子さんの生家からメロンが届く。美味。

七月十二日　木　曇り
熊本、大分は記録的な豪雨。昨夜は一睡も出来ず。母より「メロンが届いた。」と電話があったが、私は近所へアイスクリームを買いに行っていて、留守だったので、今でも残念な気持ちである。

七月十三日　金　曇り
西瓜を買いに行って、美味しく食べる。私はメロンより西瓜が好きである。

七月十四日　土　晴れ　気温三十二度

特大の西瓜を買って食べる。鰻の蒲焼も食べる。

七月十五日　日　晴れ
一睡も出来ず。朝、嘔吐。暴飲暴食のせいだ、と順子さんは言っていた。私は単なる体調異変だと思っている。昼間、お粥、おやつは西瓜だけ。夜中に地震があって、目が覚める。

七月十六日　月　晴れ　猛暑
妹・恵美にメロンを送る。母親・信子の面倒を見てくれているので。

七月十七日　火　晴れ　猛暑　梅雨明け
朝五時に先日銀行から下ろしておいた二十万円が、無くなっているのに気づく。家捜しをしたが見つからない。また嘔吐して、毎朝のお経を上げられなかった。しかし午後は快適な気分になる。

七月十八日　水　晴れ　猛暑
西瓜を買いに行く。美味しく食べる。

七月十九日　木　晴れ　猛暑
病院へ行く。頭脳の状態を診てもらう。庭の瓶の中で飼っていた目高が一尾亡くなる。とても残念な気持ちで、夜は一睡も出来ず。
晩御飯を食べに賀納屋へ行く。穴子の白焼きを食べる。

七月二十日　金　曇り、のち雨
急に涼しくなったので、午前中、順子さん

と赤羽岩淵の辺りへ、そして荒川の土手と隅田川の分流点に歩きに行く。河の中ほどの四阿でお寿司と蒲鉾を食べる。気分が良かった。

夜は又も一睡も出来ず。

七月二十一日　土　朝のうちは小雨、のち曇り

私道の草を刈る。

涼しかった。睡眠導入剤を暗くなってから呑むことにした。すると、よく眠れるようになった。

七月二十二日　日　曇りで夏としては涼しかった。

西瓜はみんな食べてしまった。満足な心地。

珍しく夜の十一時半まで、柳田国男と折口信夫についてのTVを見る。楽しい気分で横になることが出来た。

七月二十三日　月　晴れ

西瓜を買いに行く。冷やさないで、すぐに食べると、順子さんが不審そうな目で私を見ていた。睡眠導入剤を夕方飲んで眠れず、九時ごろまた飲むと、よく眠れた。

七月二十四日　火　晴れ

猛暑が戻る。睡眠導入剤は明るいうちに飲まず、夕食後に飲んだ。お腹が布袋様のようになってしまったので、シュウマイも一個しか食べなかった。穿けるズボンが夏冬一着ずつしかなくなってしまった。

七月二十五日　水　晴れ

七月二十六日　木　晴れ

七月二十七日　金　晴れ

七月二十八日　土　晴れ

上野の不忍池へ蓮の花を見に行く。いつも思うことだが、辿も美しかった。

七月二十九日　日　晴れ

げっぷが出るので、ビールを飲むのを止める。

七月三十日　月　晴れ

西瓜を買いに行く。冷やさずに食べたのは失敗だった。

七月三十一日　火　晴れ

ビールを飲んで吐いた。当分、ビールは飲まないことにする。同じことばっかり書いているが。

八月一日　水　朝、俄雨　午後は曇り

朝の散歩に行き、途中で引き返して来る。私一人、雨が止んだあと、散歩に出直す。十時半に豆ご飯を温め食べる。しかし何度か吐く。西瓜を食べても吐かないのは、救いである。ありがたいことである。

八月二日　木　晴れ

賀納屋へ行かず、順子さんにお寿司を買って来て貰って食べる。吐かず。

八月三日　金　晴れ

血圧計を買って来て計ると、上が一四〇、脈拍も高かった。西瓜は全部食べ終わってしまった。皮は穴を掘って、庭に埋めた。床屋に行った。女の人が一人で暮らしている店。

八月四日　土　晴れ

西瓜を買いに行く。

八月五日　日　晴れ

西瓜はほとんど食べてしまった。

八月六日　月　雨　少しだけ涼しかった。

西瓜の小さいのを買いに行く。順子さんは神田神保町の帰りにメロンを買って来た。

八月七日　火　晴れ

神田神保町へ登山靴を買いに行く。

八月八日　水　晴れ

散歩の途中で豆腐と油揚を買って、晩ご飯に美味しく食べる。

八月九日　木　晴れ

私が料理当番だったけれど、賀納屋で食事をする代わりに、コンビニ弁当を買って来て順子さんに「こんなのたべられない。」と叱られる。二千円渡して「何でも好きなものを買って来てくれ。」と言うて、お寿司を買いに行かせる。私は寝てしまった。

八月十日　金　晴れ

上野駅から新幹線に乗って、盛岡へ行く。

恒例の山行。岩手県の鞍掛山へ登るため。寺田光和　和夫　和子　野家啓一・裕子　菊池唯子　水月りの　順子　私の九名。南網張温泉のゆこたんの森に泊まる。

八月十一日　土　晴れ

鞍掛山・八九七メートルに登る。山頂で光和氏百歳を祝って、万歳をする。

八月十二日　日　晴れ

小岩井農場へ行って、ソフトクリームを食べる。盛岡で鰻を食べる。帰京。

八月十三日　月　晴れ

西瓜を買いに行って、食べる。

八月十四日　火　雨

鞍掛に翁立ちけり水引草　順子
赤蜻蛉去り被る菅笠　長吉

八月十五日　水　朝、曇り、のち晴れ

八月十六日　木　晴れ

順子さんは飯岡へ帰る。私は寝ていた。

八月十七日　金　晴れ

順子さんが飯岡から帰って来る。仙台の野家さん夫妻から、お見舞いの西瓜が届く。私が元気がなかったように見えたのだそうだ。連日、吐き気が酷くて、まともな食事が出来ない。

八月十八日　土　晴れ

八月十九日　日　晴れ

ＴＶで坊勢島の池田英之氏が鯖のしゃぶしゃぶを作っているのを見る。池田氏は私の叔父・黒田宏之の教え子である。宏之が自殺した時、葬式の日、教え子たちは島の波止場で「わいらも連れて行ってくれ。」と大声をあげて泣いたのだそうだ。

八月二十日　月　晴れ

谷中の露地で太い銀色の蛇を見た。

八月二十一日　火　晴れ

このところの猛暑にぐったりする。

八月二十二日　水　晴れ

昨日と同じくぐったりし、西瓜ばっかり喰っていた。

八月二十三日　木

八月二十四日　金

八月二十五日　土

八月二十六日　日

八月二十七日　月

鰯雲尻をからげて唾を吐く

〔長吉に脳梗塞と脳内出血の跡が見つかったのは、二〇一一年（平成二十三年）一月だった。頭がすうっとして、一瞬ふらつく、などの自覚症状は一〇年秋からだと言っていた。一〇年夏に全集を刊行してからは執筆意欲を失った。というよりは執筆能力の減退を知って全集を、おのれの墓を建てるような具合に企画し、担当の松下昌弘さんとともに、楽しんで編集したと思われる。以後病の波が昂じるときには、一時的にワードプロセッサーの文字配列を失念することもあった。この日記は脳と指のリハビリのためのもので、一部順子の口述によるところもある。西瓜を喰う、など同じことの繰り返しで、つまらなくなったのだろう、私の誕生日の前日で終わっている。順子記〕

解題　あとがきに代えて

高橋順子

「蟲息山房」は私どもの結婚後の借家に車谷が命名した屋号で、それから二度引っ越したが、この名も付いてきた。車谷は毒虫を自認していただけに虫が好きで、最初の家では葛《くず》の葉の裏にいた細針亀虫を飼っていた。蟲の字のいちばん上にいるのがこの虫で、下の二ひきの虫は私たちだと言っていた。そのころ貧乏で、青息吐息、「虫の息」で暮らしていた。三番目の家では上の虫が兜虫になった。いま「蟲息山房」には私という弱虫が一ぴきだけになった。

二〇一〇年に「車谷長吉全集」（全三巻・新書館）が完結した後、『妖談』（文藝春秋）、『人生の四苦八苦』（新書館）、『車谷長吉の人生相談　人生の救い』（朝日文庫）が上板された。本書はその後に書かれた少数の作品と、単行本に未収録だった俳句・連句・対談・鼎談他を収めた。

◆小説

「銀色」と「死の木」はワープロによる原稿で、押し入れの奥に入れてあった新潮社の紙袋の中にあった。「銀色」のほうは、手書きでタイトルが書かれてい、推敲の跡があったが、後者にはタイトルがなく、推敲の跡もなかった。「死の木」と私がタイトルをつけた。前者は平成元年、独身者の身に起きた出来事を、後者は翌年のことで、それに怪しいおとぎ話のような幻想をまじえて書かれたものである。一部分を取り出して、後に「白骨の男」として『愚か者』に収録された。

「河豚毒」「神隠しに遭った男」は、一九九六年、強迫神経症を発症して間もないころ、一日に何時間も熱に浮かされたように口述するのを、私が書きとめたノートから。タイトルは本書のために私が付けた。中には「花椿」のように後に補正して、『金輪際』に収録した短編もあった。

「長虫」はワープロのフロッピーに残されていた。読者への返信の間から見つかった。蛇は怖がらない人で、東京育ちが怖がったということを何度も面白そうに語った。「また同じこと言ってる」と苦情を述べたこともあるが、「二度目に話したときは、最初のとはちょっとちがってるんだ」と抗弁するので、呆れた。うわさ話のようなものにも創作の要素が入り込んでいたわけで、私は車谷に「嘘つき」だの「職業病」だのと言い過ぎたかもしれなかった。人に迷惑をかける嘘もついたが、面白い嘘もたくさんついてくれた人だった。

「長虫」を書いたのは『妖談』のゲラが出ていたころだろう。あのような本をもう一冊書いてみようとしたのか。この一作だけで力尽きた。

◆エッセイ

この中でいちばん活力のあるのは「小池てん子先生」である。先生の魅力もあって車谷少年の悪童ぶりが健在である。そこから年を追うごとに毒気が抜けていくのを見るのは、淋しかった。覇気をなくしていった。「不眠」は最後に書いたエッセイだが、脳梗塞を病んでいることを感じさせないもので、書いているときは作家になっていたのだと、その不思議な作用に驚いた。

◆俳句

「洟水輯」という題は「母逝きて洟水すゝる寒の水」から拾って私が付けた。

私どもが不定期に続けてきた駄木句会という夫婦句会は、席題を三つ出して作ることになっていた。最後の句会は今年の二月五日だった。席題は鮟鱇、寒椿、まばたき。

ここにはその場所以外で作られた句もずいぶんある。「女」や「をんな」がいままでになく詠まれているのは意外だった。これも脳梗塞後遺症によるものかどうか私には分からないが、それで面白い味が出ればいいと思い、妻の白髪が総毛立つ、だの、大口開けて、だのと作られても怒らなかった。虚といったら体裁はいいが、嘘も書く人だったし。

◆連句

各巻の末尾の〈付記〉に、それぞれの歌仙（三十六句形式の連句）を巻いたときの状況や、座の雰囲気を記しておいた。句はフィクションでよいのだが、その時々の気分や気力が如実に立ちあらわれるのが、連句の魅力である。車谷の奇想や喧噪、なまなましさを好む句が、最後には絶望の句に至るさまは、精神の道のりを示して、感慨深い。

車谷が初めて歌仙を巻いたのは、一九九三年、私と新婚旅行に出かけたときで、それは「いもつま両吟歌仙」として『業柱抱き』に収録されている。このとき車谷は、挑まれた、と思ったそうだ。それ以来歌仙の面白さに味をしめたようで、かれこれ二十年余、この「座の文学」から離れることはなかった。友人知己の輪の中で、お酒を飲みながら、破れ鐘のような声で「妖談」を語り、毒舌をひらめかせたのは、彼自身至福の時だったのではないかと推量する。車谷は時としてなりふりかまわぬ野卑な句や不穏な句を作り、異彩を放った。勢いよく停滞を破る人だった。

この他に巻いたのは、「厄祓い六吟歌仙窓若葉の巻」で、『業柱抱き』に収録。その折々に辛抱強く付き合ってくださった連衆のみなさまにお礼申し上げます。

◆対談

玄侑宗久氏との対談「文学で人は救われるか」というテーマは、悪が書けなければ小説は書けない、とつねづね言ってきた車谷にとって、明快な答の出せぬものだった。しかし文学とは答を出すものでもない。

いつだったか私が「あなたは偽・悪・醜と声高に言うけど、真・善・美はどう考えているの」と聞いたところ、「もちろん真・善・美あってのことだ」と言われて、ほっとしたことがあった。

文学が読者および作者に与える力を考えさせる対談である。他者の悪、自分自身の悪を苛烈に追及した作家の存在感を、この対談で私は重たく感じたのだが。

車谷の霊前にこの本のゲラを供えました。新書館編集部、また全集に引きつづいてご尽力いただきました松下昌弘氏に心より御礼申し上げます。

車谷長吉 年譜

昭和二十年（一九四五年）

七月一日、兵庫県飾磨市下野田二百二十一番地（現・兵庫県姫路市飾磨区下野田三丁目二百二十一番地）に生まれる。父、市郎。母、信子。長男。本名、嘉彦。この頃、家は小地主、自作農、呉服屋。（妹房子、弟照雅、末妹恵美）

昭和二十二年（一九四七年）二歳

四月、農地改革が実施され、土地をあらかた失い、地主ではなくなる。

昭和二十七年（一九五二年）七歳

四月、市立飾磨小学校入学。車谷弘・幸子（叔父夫婦）の養子となる。同時に、叔父夫婦と同居していた叔母・熊澤佐代子（父の妹。戦争未亡人）の世話になる。

昭和二十八年（一九五三年）八歳

三月、生家へ帰る。

昭和三十二年（一九五七年）十二歳

五月二十日、叔父・黒田宏之（母の次弟）自殺。

昭和三十三年（一九五八年）十三歳

四月、市立飾磨中部中学校入学。

昭和三十六年（一九六一年）**十六歳**
三月、県立姫路西高等学校の入学試験に落第。四月、市立飾磨高等学校入学。

昭和三十七年（一九六二年）**十七歳**
四月、立花得二教諭の「倫理・社会」の授業に強く感動する。夏、先天性蓄膿症（アレルギー性副鼻腔炎）が悪化し、病院へ六十日余入院、二回、それぞれ五時間余の手術を受けるが、手術は失敗し、治らず。

昭和三十八年（一九六三年）**十八歳**
森鷗外、夏目漱石を読み、小説家になりたい、と思う。

昭和三十九年（一九六四年）**十九歳**
四月、慶應義塾大学文学部入学。日吉の教養部で過ごす。以後、代々木、久我山、目黒清水町、蒲田女塚、矢口ノ渡シ、馬込桐里町、野方町、沼袋町、高田馬場諏訪町に下宿。

昭和四十年（一九六五年）**二十歳**
四月、文学部独文科に進級。三田に移る。

昭和四十一年（一九六六年）**二十一歳**
秋、高校時代の友達・西川利彦と同人雑誌「風船」創刊。

昭和四十二年（一九六七年）**二十二歳**
五月、車谷市郎・信子の長男に復縁する。

昭和四十三年（一九六八年）**二十三歳**
三月、慶應義塾大学を卒業。卒業論文はF・カフカ論。四月、東京日本橋の広告代理店・中央宣興に入社。

昭和四十五年（一九七〇年）**二十五歳**
十月三十一日、中央宣興を退社。

昭和四十六年（一九七一年）**二十六歳**
二月、現代評論社に入社。「現代の眼」編輯部に所属。

昭和四十七年（一九七二年）二十七歳
新潮三月号に、投稿原稿「なんまんだあ絵」が新潮新人賞候補作として掲載される。十一月、大学時代の友達と同人雑誌「轆」創刊。

昭和四十八年（一九七三年）二十八歳
九月三十日、現代評論社を退社。

昭和五十年（一九七五年）三十歳
新潮五月号「白痴群」（「贋風土記」を改題）発表。

昭和五十一年（一九七六年）三十一歳
一月三十日、東京での生活が破綻し、播州飾磨の生家に帰る。四月、姫路忍町のみかしほ調理師専門学校に入学。新潮五月号「白桃」（「魔道」を改題）発表。十一月、姫路岡町の料理旅館「紅本陣」で下足番。十二月、姫路下寺町の料理旅館「播龍」の料理場の下働きになる。

昭和五十二年（一九七七年）三十二歳
三月、みかしほ調理師専門学校を卒業。四月、京都上京区西洞院丸太町上ル夷川町の「柿傳」で料理場の下働き。十月、神戸元町の「石翁」で料理場の下働き。十二月、西ノ宮高松町の「美津」で料理場の下働き。

昭和五十三年（一九七八年）三十三歳
二月、尼ヶ崎神田南通りの料亭「朱雀」で料理場の下働き。十二月、大阪曾根崎新地永楽町通りの「ゆかり」で料理場の下働き。

昭和五十四年（一九七九年）三十四歳
四月、堺東高島屋内の「はり半」で料理場の下働き。十月、神戸三ノ宮の「楽珍」で料理場の下働き。

昭和五十五年（一九八〇年）三十五歳
四月、神戸元町の「みの幸」で料理場の下働き。

昭和五十六年（一九八一年）**三十六歳**

新潮八月号「萬蔵の場合」発表。

昭和五十七年（一九八二年）**三十七歳**

一月、「萬蔵の場合」が芥川賞候補作になる。文學界五月号「ある平凡」（「雨過ぎ」を改題）発表。

昭和五十八年（一九八三年）**三十八歳**

六月、ふたたび東京へ出て、白山前町に1DKの部屋を借り、八月四日、西武流通グループ広報室に嘱託社員として勤める。新潮十月号「児玉まで」発表。九月十四日刊「火の子の宇宙」に「桃の木の話」発表。

昭和六十年（一九八五年）**四十歳**

四月、西武セゾングループ五十年史編纂委員会事務局に転勤。新潮五月号「吃りの父が歌った軍歌」発表。

昭和六十四年・平成元年（一九八九年）**四十四歳**

九月、地上げ屋に追われ、小石川宮下町の1Kの部屋に転居。

平成二年（一九九〇年）**四十五歳**

二月、過労のため会社で倒れる。病院に五十日入院。一ヶ月、自宅療養。十二月三十一日、高橋順子（出版社・書肆とい店主。詩人）と知り合う。

平成三年（一九九一年）**四十六歳**

七月二十四日、父・市郎死去。

平成四年（一九九二年）**四十七歳**

新潮三月号「鹽壺の匙」発表。十月、『鹽壺の匙』（新潮社）上板。

平成五年（一九九三年）**四十八歳**

三月、『鹽壺の匙』で第四十三回藝術選奨文部大臣新人賞を受賞。続いて同作品で六月、第六回三島由紀夫賞を受賞。十月十七日、高橋順子と結婚。

駒込動坂町の借家に住む。

平成六年（一九九四年）**四十九歳**

新潮三月号「蟲の息」発表。中央公論文芸特集夏季号「木枯し」発表。新潮八月号「抜髪」発表。文學界十二月号「静かな家」発表。

平成七年（一九九五年）**五十歳**

文學界二月号「漂流物」発表。三月三十日、西武セゾングループより自宅待機（一年後には解雇）を言い渡される。五月、キネマ旬報社の嘱託社員になる。文學界七月号「金輪際」発表。七月、「漂流物」が芥川賞候補作になる。九月、駒込林町の借家に転居。

平成八年（一九九六年）**五十一歳**

二月、キネマ旬報社を退社。三月六日、悳《いさお》智彦精神科医師に強迫神経症・神経性胃潰瘍の診断を受ける。四月、西武セゾングループ資料室に復職（一週間に二日出勤）。七月、『抜髪』（湯川書房）上板。

文學界十一月号「赤目四十八瀧心中未遂」連載開始（平成九年十月号まで）。十二月、『漂流物』（新潮社）上板。

平成九年（一九九七年）**五十二歳**

七月、『漂流物』で第二十五回平林たい子文学賞を受賞。

平成十年（一九九八年）**五十三歳**

一月、『赤目四十八瀧心中未遂』（文藝春秋）上板。二月、『赤目四十八瀧心中未遂』が伊藤整文学賞に選ばれたが、受賞を拒否。四月、『業柱抱き』（新潮社）上板。八月、『赤目四十八瀧心中未遂』で第百十九回直木賞を受賞。九月、別冊文藝春秋秋季号「変」発表。

平成十一年（一九九九年）**五十四歳**

二月二十七日、駒込千駄木町に家を買い、転居。十一月、『金輪際』（文藝春秋）上板。

平成十二年（二〇〇〇年）五十五歳

新潮二月号「武蔵丸」発表。五月、『車谷長吉句集』（湯川書房）上板。十月三十一日、西武セゾングループから退社勧告を受け、辞職。十一月、『白痴群』（新潮社）上板。

平成十三年（二〇〇一年）五十六歳

六月、「武蔵丸」で第二十七回川端康成文学賞を受賞。十一月、『文士の魂』（新潮社）上板。

平成十四年（二〇〇二年）五十七歳

『銭金について』（朝日新聞社）上板。十月、『贋世捨人』（新潮社）上板。

平成十五年（二〇〇三年）五十八歳

三月、第二十五回姫路市藝術文化賞藝術賞受賞。四月、荒戸源次郎監督映画「赤目四十八瀧心中未遂」（寺島しのぶ主演）完成。十一月、『忌中』（文藝春秋）上板。

平成十六年（二〇〇四年）五十九歳

九月、『愚か者』（角川書店）上板。十月、『反時代的毒虫』（平凡社新書）上板。

平成十七年（二〇〇五年）六十歳

新潮二月号「凡庸な私小説作家廃業宣言」（エセー）発表。二月、『飆風』（講談社）上板。『女塚　車谷長吉初期作品輯』（作品社）上板。新潮六月号「阿呆物語」発表。七月、『車谷長吉恋文絵』（湯川書房）、『車谷長吉句集改訂増補版』（沖積舎）上板。十一月、『雲雀の巣を捜した日』（講談社）上板。十二月二十六日、世界一周航海の旅に出る。

平成十八年（二〇〇六年）六十一歳

文學界三月号「世界一周恐怖航海記」連載開始（六月号まで）。三月三十日、横浜港に帰国。四月、慶應義塾大学文学部非常勤講師（詩学担当）になる。五月、『文士の生魑魅《いきすだま》』（新潮社）上板。七月、『世界一周恐怖航海記』（文藝春秋）上板。十月、『史伝　隠国』（飾磨屋書店）上板。

平成十九年（二〇〇七年）六十二歳

五月、『灘の男』（文藝春秋）上板。七月、『二人の女』（書肆とい・私家版・非売品）上板。八月、『句集　蜘蛛の巣』（湯川書房）上板。十月、『物狂ほしけれ』（平凡社）上板。

平成二十年（二〇〇八年）六十三歳

二月十五日から五月一日まで四国巡礼に行く。三月、第三十回姫路市藝術文化賞藝術大賞受賞。新潮十月号「妖談」発表。以後、この「妖談」は平成二十二年まで群像・文學界・大航海・三田文學に連載。九月、『四国八十八ヶ所感情巡礼』（文藝春秋）上板。

平成二十一年（二〇〇九年）六十四歳

三月、『阿呆者』（新書館）上板。六月、『句集　蜘蛛の巣』（沖積舎。改訂増補版）上板。

平成二十二年（二〇一〇年）六十五歳

六月、『車谷長吉全集』（新書館。全三巻。〜八月）上板。九月、『妖談』（文藝春秋）上板。

平成二十三年（二〇一一年）六十六歳

一月、日本医科大学附属病院で脳梗塞の診断を受ける。四月、『人生の四苦八苦』（新書館）上板。同月、アルコール性肝炎の疑いで禁酒を申し渡される。

平成二十四年（二〇一二年）六十七歳

八月、糖尿病、高血圧の診断を受ける。十二月『車谷長吉の人生相談　人生の救い』（朝日文庫）上板。これは平成二十一年四月から本年三月まで朝日新聞に毎月連載されたもの。

平成二十五年（二〇一三年）六十八歳

二月十六日、母死去。享年八十七。九月、ヴェロニカ・シェパスの木箱を使ったアートブック『Musashimaru』（カティア・カッシング訳）が東京、ベルリンで上板。

平成二十六年（二〇一四年）六十九歳

脳梗塞後遺症に苦しむが、入院せず、東京文京区の自宅で療養。

平成二十七年（二〇一五年）

五月十七日、誤嚥による窒息死。享年六十九。十月一日、冨士霊園文學者之墓に葬られる。

（敬称略）

初出一覧

◆小説

銀色――未発表
死の木――未発表
河豚毒――未発表　口述筆記による　一九九六年三月二十二日
神隠しに遭った男――未発表　口述筆記による　一九九六年三月二十六日
長虫――未発表　フロッピーより　二〇一〇年八月頃

◆エッセイ

補陀落山――『世界一周恐怖航海記』文藝春秋、文庫版あとがき　二〇一〇年
和辻哲郎の苦悩――未発表　フロッピーより　二〇一〇年頃
借金――「小説トリッパー」二〇〇九年春季号
救いのない救い――「あんじゃり」二〇一一年三月　第二十一号
小池てん子先生――「文學界」二〇一二年一月号

時は止まらない――「文藝春秋」二〇一二年一月号
登山の後で――「文學界」二〇一三年一月号
地獄極楽――「ノジュール」二〇一三年三月
不眠――「文學界」二〇一四年二月号

◆俳句と連句

俳句　洟水集――未発表

連句　蟲しぐれの巻――高橋順子『連句のたのしみ』新潮選書、一九九七年
冬麗の巻――未発表
医師くさめするの巻――未発表
矢来小路の巻――未発表
菊作りの巻――未発表
霧しまくの巻――「スペッキオ」一九九九年
新舞子の巻――「三田文学」二〇〇六年春季号　No.85
青池の巻――「富士通マネジメントレビュー」二〇〇七年　No.234
赤道越ゆるの巻――新藤凉子、高橋順子『連詩　地球一周航海ものがたり』思潮社、二〇〇六年
秋立つ日の巻――未発表
老鶯の巻――「三田文学」二〇一二年冬季号　No.108
鞍掛の巻――未発表

◆対談と鼎談

文学で人は救われるのか――「文學界」二〇〇五年四月号
われら敗戦の年生まれ――「文藝春秋」二〇〇五年二月号
小説を生かす虚点と実点――「en-taxi」二〇〇五年夏号

◆インタビュー

直木賞作家、西行と仏教を語る――「曹洞禅グラフ」二〇〇三年秋　No.86
著者との六十分――「新刊ニュース」二〇〇四年十一月　No.652
不幸のままに生きる――「日本経済新聞」二〇一三年二月十三日
アンケート　私の好きな俳句――「くりま」文藝春秋二〇一〇年五月号増刊

◆日記

脳と指のためのリハビリ日記――未発表

車谷長吉（くるまたに・ちょうきつ）
昭和二十年、兵庫県飾磨市（現・姫路市）生まれ。慶応義塾大学文学部独文科卒業。広告代理店、総会屋下働き、下足番、料理人などを経て、平成四年に上板した初作品集『鹽壺の匙』で藝術選奨文部大臣新人賞、三島由紀夫賞を受賞。平成九年に『漂流物』で平林たい子文学賞、平成十年に『赤目四十八瀧心中未遂』で直木賞、平成十三年に「武蔵丸」で川端康成文学賞を受賞。平成二十二年には『車谷長吉全集』（全三巻）を新書館から上板した。平成二十七年五月十七日、誤嚥による窒息のため六十九歳で死去。

蟲息山房《ちゅうそくさんぼう》から——車谷長吉遺稿集

二〇一五年十二月二十日　第一刷発行
二〇一六年　三　月十五日　第二刷

著　者　車谷長吉
発行者　三浦和郎
発　行　株式会社　新書館
〒一一三-〇〇二四　東京都文京区西片二-一九-一八
電話　〇三（三八一一）二九六六
（営業）〒一七四-〇〇四三　東京都板橋区坂下一-二二-一四
電話　〇三（五九七〇）三八四〇　ＦＡＸ　〇三（五九七〇）三八四七
印刷・製本　中央精版印刷株式会社
落丁・乱丁本はお取替いたします。

Printed in Japan ISBN978-4-403-21107-2

車谷長吉全集

全三巻

第一巻　小説（短篇・中篇）

鹽壺の匙／漂流物／金輪際
武蔵丸／忌中／阿呆物語

第二巻　小説（掌篇・長篇）俳句 他

愚か者／史伝 隠国／史伝 柿本朝臣人麿
赤目四十八瀧心中未遂／贋世捨人／灘の男
車谷長吉句集／句集 蜘蛛の巣／車谷長吉恋文絵

第三巻　随筆・評論　付＝自歴譜・著作目録

業柱抱き／錢金について／私の小説論
雲雀の巣を捜した日／物狂ほしけれ／阿呆者
文士の魂／文士の生魑魅

各巻 定価7800円＋税